大学日语专业 四级

轻松过级一点通

编著　徐文智　贺静彬　黎晓妮
　　　姜　华　白春阳

大连理工大学出版社

图书在版编目(CIP)数据

大学日语专业四级轻松过级一点通 / 徐文智等编著.
大连：大连理工大学出版社，2008.3
ISBN 978-7-5611-3910-3

Ⅰ. 大…　Ⅱ. 徐…　Ⅲ. 日语—高等学校—水平考试—解
题　Ⅳ. H369.6

中国版本图书馆 CIP 数据核字(2008)第 020565 号

大连理工大学出版社出版
地址：大连市软件园路 80 号　邮政编码：116023
发行：0411-84708842　邮购：0411-84703636　传真：0411-84701466
E-mail：dutp@dutp.cn　URL：http://www.dutp.cn
大连业发印刷有限公司印刷　　大连理工大学出版社发行

幅面尺寸：185mm×260mm　　印张：12.25　　字数：276 千字
附件：光盘 1 张　　　　　　　　　　　　　印数：1～6000
2008 年 3 月第 1 版　　　　　　　　2008 年 3 月第 1 次印刷

责任编辑：宋锦绣　　　　　　　　　　责任校对：舒　岚
　　　　　　　封面设计：季　强

ISBN 978-7-5611-3910-3　　　　　　　定　价：25.00 元

前　言

　　近年来，代表我国日语最高水平的专业日语教育规模不断扩大、层次逐步齐全、教学质量不断提高。日语教育的目标、内容、方法、手段等也在发生变化，语言运用能力、跨文化交际能力将成为日语教育的重要目标。在这样的形势下，高等学校外语专业教学指导委员会日语组重新修订了《高等院校日语专业基础阶段教学大纲》、《高等院校日语专业高年级阶段教学大纲》，2002 年教育部首次在全国范围内进行四、八级水平考试。

　　历经数年，专业日语四、八级考试越来越规范，参考人数逐年增加。广大日语专业的学生希望通过日语专业四、八级考试来检验自己的阶段性学习成果，同时，越来越多的人也注意到专业日语四、八级证书的含金量。因此为帮助广大日语专业学生进一步提高日语水平，尽可能在日语专业四级考试中取得好成绩，在历年辅导学生备考中积累了丰富经验的大连外国语学院日本语学院一线的基础日语教师编写了这本备考辅导教材。

　　自 2005 年开始，日语专业四级考试的题型基本固定，分为听解、文字词汇、读解、完成句子、作文等，因此本书选取 2005~2007 年的真题进行解析。解析力求明确考点，解说力求浅显易懂，易于记忆，尽量使考生在掌握该题的基础上，又能够明确应考复习的方向，学会该类题型的解题技巧。同时，按照《高等院校日语专业基础阶段教学大纲》，在尽量避免重复的原则上编写了 5 套模拟试题，以满足考生实战的需要。

　　大连外国语学院日本语学院目前拥有全国最多的日语专业本科学生，要在历次专业日语四、八级考试中取得优异成绩绝非易事。但可喜的是，大连外国语学院日本语学院学生历次专业日语四、八级考试的成绩在逐年提高，合格率、优秀率也在逐年增长。成绩的取得与教学一线的基础日语教师的努力密切相关。本书的编者也正是在历年指导学生备考过程中，积累了丰富的经验，因此才有了要将经验付梓、与广大日语专业学生分享的愿望。当然，由于个人理解的差异，不当之处在所难免，期待广大日语学习者及同仁的指正。

　　本书在编写过程中，大连理工大学出版社宋锦绣主任为我们提供了学生的反馈信息，并对编写提出了诸多宝贵意见，在此谨表谢意。

编者

2007 年秋

3

目　录

大学日本語専攻生四級能力試験問題 (2005)

(試験時間：160 分)

注意：解答はすべて解答用紙に書きなさい。

第一部分

一、聴解（1 × 20 ＝ 20 点）

> 大学日语专业四级考试的听力部分考试时间为 30 分钟，分两个部分，共 20 题。第一部分是对话题，第二部分是陈述题。考生在做听力题是一方面要注意平时的基本功的练习，要从语音、词汇、语法等基本功抓起，为听力打下一个扎实的基础。另一方面也要注意掌握一定的听解方法，比如说考生首先要尽力把问题听清楚，然后带着问题有目的地去听内容；还要注意对话的场景，抓住关键信息；要根据对话双方的态度、意图来推测、判断正确答案；考生在听解时还要简单地做一下记录，以防忘记或混淆；再有就是有时可以运用排除法，从最不可能的答案开始采用排除法，可以帮助考生更迅速更准确地确定答案。

聴解 A　次の会話を聞いて、正しい答えを A、B、C、D の中から一つ選びなさい。では、はじめます。（1 × 10 ＝ 10 点）

1 番

> 此题属于对话题中的时间类试题。出题范围十分广泛，并且形式各异，有学校的开课时间，患者的吃药时间，日程安排，生日的日期，航班车次的起始和到达时间等等，还可能要进行一定的推算。因此，对于考生来说比较有难度，而且出题率又极高。听解此类题，要注意抓住关键词句。一般来说，关键词会出现在对"何日""何曜日"等疑问词句的答句中。一定要在听解时做好记录。此外还要注意日期、星期的快速转换及对应规则，即：下星期当天日期 ＝ 本日期 +7，如：本周「火曜日」是 6 号，下星期的「火曜日」则是 6+7=12 号。
> 　　此题首先要听清楚提问的关键是问飞机何时起飞，根据关键句「離陸時間は五時ですよね。」「いいえ、七時になりました。」可判断出飞机的起飞时间推迟到了 7 点钟。

2番

此题属于推测判断类试题。在说话人表达意见、判断和选择时，"それより" "やっぱり"等是十分重要的关键词，因为这些词语后面的内容往往都蕴藏着正确答案。"もっと役に立つものがいいじゃない"一句否定了"人形"和"花瓶"。而"時計"人家又有，"それより、写真立て"成为解题的关键句。

3番

此题属于推测判断类试题。要求考生通过会话的内容及场景推测所在的场所。考生要善于抓住关键词句，比如说根据"本がいっぱい" "コーヒー二つ"可知大概是个咖啡厅，再通过"いらっしゃいませ。何になさいますか"可以排除掉 A。"まるで駐車料金みたい"是干扰信息，考生不要受此迷惑。

4番

此题是一道简单的数字类试题。答案很明显，考生只要抓住"新宿へ行くのは六番ですね"这一关键句就能选出正确答案。要注意不要受后面其他信息所干扰。

5番

此题仍是一道数字类试题。较上一道题来说增加了难度，需要考生进行简单的计算。首先考生要听清"乗車券" "特急料金" "指定券"这几个词汇，分别是"车票" "特快费用" "对号票"。此外，考生在听解的同时还要简单地进行记录价钱，以上分别是"4500 円" "3600 円" "500 円"。女人说"指定券は要りません"，那么就是车票和特快费简单地相加得出的价钱。

6番

此题提问的关键是女人在工作后要做什么。通过关键句"昨日は遅かったんで、今日は早く帰りたいです"可知她今晚要早些回家。而后面的山本的情况则是干扰信息。

7番

此题提问的关键是"早退"是什么意思。如果考生以前知道这个词的意思，那么答案就显而易见。如果不知道，通过关键句"昼ごろ帰りましたよ。病院へ行くそうです"就可找出答案，即"上课中途回家"的意思。

8番

此题的关键是对话中的男性接下来要做什么。讨论的关键是"寝る""食事"。倒数第二句话成为解题的关键句"じゃ、食事の時間になったら、起こしていただけますか",即先睡一会,等吃饭时再起来。

9番

此题是一道时间类试题。提问的重点是现在几点。根据关键句"もうそろそろお昼だな。後二、三十分で"间接知道了此题的答案,因为"お昼"一般就是指中午12点。"後二、三十分で"即11点30分左右。

10番

此题属于推测判断类试题。提问的重点是这三人去参加送别会吗。"ええ、いくわ"很清楚地表明对话中的女性去参加。田中说"あまり行きたくないけど。ぼくは行かないってわけにはいかないよ",即虽不想去,但不得不去。而另一个男人最后却说"僕はいけないけど",表明他不能去。因此是两个人去。

11番

此题提问的关键是对话中的女性应该怎样做才行。通过上下文可知小王打电话要找小林,"小林はちょっと席を外しておりますが"表明小林不在。根据关键句"今、出先からなので、電話があったとお伝えください"可知小王让女人帮忙转达他打过电话。因此女人要做的是告诉小林小王曾打过电话来。

12番

此题提问的关键是谁买了什么东西。由"あのシャツいいな""これ男物だぜ"可知要买的是男式衬衫。再根据"俺、いやだよ。そんなのを着られないな。君買えば?""じゃ、そうするわ"可以判断出是女人要买。

13番

此题属于数字类试题。由"大人一人と子供三人ですが""大人は2百円、子供は半額"可以算出女人要付500日元的车费。可又根据关键句"その子供はただ"可知这个孩子是免票的,因此只需要交两个孩子的车费即可。

14番

此题属于数字类试题。提问的重点是史密斯老师的年龄。根据关键句"私は一九四七年生まれですから""主人のほうが一つ上。来年は還暦なのよ"可知女人的丈夫比史密斯大一岁。考生还要知道"還暦"是指六十岁。由此可以推算出史密斯的年龄是58岁。听力试题涉及题材往往十分广泛,这就要求考生要做到知识面丰富宽广,答题时才能游刃有余。

15番

> 此题属于**推测判断类试题**。要求考生通过两人在电话中的对话，推断出"女の部屋には誰が来ていますか"。随着对话的展开，"友達""お父さん？お母さん"先后被排除掉。通过关键句"高校の時にお世話になった"、"先生がきているのか"可知是高中时代的老师来了。

聴解B　次の話を聞いて、正しい答えをA、B、C、Dの中から一つ選びなさい。では、はじめます。（1×10＝10点）

16番

> 此题属于**陈述题中的事物介绍类题**。是常见的题型之一。内容各种各样，可能是介绍一种新产品，或是介绍一个词语的意思，或是对某种植物的生长环境的说明，如温度、光照、如何浇水等等。考生应尽早判断设问提问中出现的关键词及预测一下即将出现的内容，快速记录下关键词，做好心理准备。集中精力注意听对关键词的解释和说明。
>
> 　　解答此题时考生要紧紧抓住关键词句，比如「種を撒く」「収穫する」「畑に出てやってもらいます」「大豆を育ててみたい」等等，由此可以判断出老师是在介绍农业方面的课程。

17番

> 此题属于**陈述题中的科学探索类试题**。这类题往往语速快，知识性强，词汇难，是听力中比较容易丢分的题型之一。听解此类题时要求考生要善于抓住提示性的重要信息，还要做好简单的记录。也可以在有一定的判断基础上选用排除法会比较更加简捷。通过前文可知海豚睡眠的方式有很多种。再根据关键句"その種類の海豚は左右の脳を片方ずつ眠らせながら泳ぎ続けているそうです"可知还有一种边让左右脑轮流睡觉边游泳的海豚。A因为"人と同じように"与原文不符，被排除掉。而B和D均错在"みな"一词上。

18番

> 此题属于**陈述题中的事物介绍类题**。考生要注意提问的重点是"アカリちゃん"不会的是什么事情，要紧紧抓住"出来ないこと"来听解。根据关键句"ボタンを押せば、掃除、洗濯はもちろん、料理もします"可知选项A、B、C都会，惟独没有提到"運転"。

19番

> 此题也是事物介绍类题。提问的重点是新冰箱是什么样的冰箱。通过关键句"野菜は料理の時必ず使うものなのですから、一番使いやすい位置にあるのが当然ですよね"可知新冰箱是把蔬菜室放在最方便使用的位置，也就是说不需要每次都弯腰伸背那么费劲。因此可以判断出新冰箱的特点是把蔬菜室安放在了中央位置。

20番

> 此题提问的焦点是"経験"，也就是考生要紧紧抓住此人以前做过什么工作这条主线展开听解。根据关键句"サラリーマンをやった経験はほとんどないのです"可以排除掉选项 C 和 D。再通过"私がサラリーマンの皆さんにどんな話が出来るんですか。出来ないんですよ"可知此人不大跟工薪阶层的人讲话，又排除掉 B。而短文中第二句话"私は社会的にはサラリーマンの話をよく書いていることになっているのですが"其实就已经揭示了正确答案。

二、下の文の下線をつけた単語の正しい読み方や漢字を、後の A、B、C、D の中から一つ選びなさい。(1 × 10 = 10 点)

> **解答技巧综述**
>
> 　　专业日语四级能力测试对于文字的测试目标主要是日语汉字的正确读音以及根据读音写出正确的汉字。大多数汉字都有音读和训读两种发音，如"山"的音读为"やま"，训读为"さん（ざん）"。在日语中前音后训称为"重箱読み"，如"台所""毎朝""毒矢"；前训后音称为"湯桶読み"，如"株式""荷物""黒幕"。还有一些语音现象，如：连浊（腕＋時計＝腕時計）、连声（反＋応＝反応）、添音（真＋白い＝真っ白）、转音（雨＋戸＝雨戸）等。总之，考生在记忆这些汉字、词汇的语音时，不仅要掌握其基本的音、训读，注意清音与浊音、长音与短音、促音与非促音的区别，还有上文提到的日语的一些特殊的发音规律，这样才能做到对语音的全面掌握。

21. この荷物は<u>船便</u>で送る。

　　A. ふねべん　　　B. ふねびん　　　　C. ふなべん　　　D. ふなびん

> "船"的音读为"せん"，训读为"ふな／ふね"；"便"音读为"びん／べん"。

22. 木村さんはあの先生の授業を<u>面白</u>がっている。
    A. めんしろ   B. めんじろ   C. おもしろ   D. おもじろ

> "面" 的音读为 "めん",训读为 "おも / つら";"白" 音读为 "はく / びゃく",训读为 "しろ / しら"。

23. <u>納得</u>がいくまで、この問題については話し合う方がいい。
    A. のうとく   B. なとく   C. なっとく   D. なっとく

> "納" 的音读为 "のう / な",训读为 "おさ";"得" 音读为 "とく",训读为 "え"。

24. あなたが説明すれば、みんなおとなしく<u>頷</u>いてくれるだろう。
    A. うなず   B. うなつ   C. ふなず   D. ふなつ

> "頷" 的音读为 "かん / がん",训读为 "あご / うなず",和语动词是 "頷く (うなずく)"。

25. この助詞は意志的な<u>動作</u>の場合に限って使える。
    A. どうさく   B. どさく   C. どうさ   D. どさ

> "動" 的音读为 "どう",训读为 "うご";"作" 音读为 "さく / さ / つく"。

26. 日本語には、話し手が聞き手の内面を直接的に表現することを<u>こ</u>のまない傾向がある。
    A. 好   B. 喜   C. 悪   D. 厭

> "好" 的训读为 "この",和语动词有 "好む",读作 "このむ"。"喜" 的训读为 "よろこ",和语动词是 "喜ぶ (よろこぶ)"。"悪" 的训读为 "わる","厭" 的训读为 "いや / いと"。

27. 改革開放してから二十数年このかた、中国は<u>たくま</u>しく発展した。
    A. 盛   B. 卓   C. 速   D. 逞

> "逞" 的训读为 "たくま","盛" 的训读为 "さか","卓" 的训读为 "すぐ","速" 的训读为 "はや"。

28. 救助のヘリコプターが下ろしたロープを、男はしっかりと<u>つか</u>まえた。
    A. 揪   B. 掴   C. 抓   D. 握

> "掴" 的训读为 "つか",和语动词有 "掴む (つかむ)" "掴える (つかまえる)"。"抓" 的训读为 "つね / つま","握" 的训读为 "にぎ" 和语动词为 "握る (にぎる)",而日语中不存在 "揪" 这个字。

29. 家にはないしょで、友達を誘って外へ出かけた。

    A. 内書   B. 内緒   C. 内助   D. 内相

> "内緒"的音读为"ないしょ"，"内助"的音读为"ないじょ"，"内相"音读为"ないしょう"，日语中不存在"内書"这个词。

30. 会談はなごやかな雰囲気の中で行われた。

    A. 和   B. 睦   C. 温   D. 粛

> "和"的训读为"なご"，"睦"的训读为"むつ"，"温"的训读为"ぬる／あたた"分别对应日语词"温い（ぬるい）""温める（あたためる）"。"粛"的训读为"つつし"，和语动词为"粛む（つつしむ）"。

三、次の文の____に入れる最も適当な言葉を後のＡ、Ｂ、Ｃ、Ｄの中から一つ選んで、解答用紙のその番号に印をつけなさい。（1 × 15 ＝ 15 点）

> **解答技巧综述**
>
> 　　专业日语四级能力测试词汇题的测试目标比较广泛，所考词汇的词性涉及名词、形容词、形容动词、动词、副词（包括拟声词和拟态词）等。另外还考了不少习惯搭配以及敬语动词和授受动词的用法。这就要求考生不仅要了解词汇的基本意思，还要牢记它们的具体用法、习惯搭配和使用场合，并结合上下文去理解。此外，外来语也会在本题型中出现，考生对外来语也要认真扎实地记忆。绝大多数外来语词源都是英语，因此，对于懂英语的学习者来说，可以充分发挥优势，从片假名的读音去推测它的词源，得出意思后再对照原文，即可得出正确答案。

31. 雨が降っても_____試合は続いている。

    A. なるべく   B. なお   C. いっそう   D. すっかり

> 四个选项中"なるべく"是"尽可能，尽量"的意思；"なお"是"还，再；更；仍旧，仍然。"的意思。在四个选项中能够与之逻辑和意思相匹配的只有"なお"。横线前的句子"雨が降っても"，是"即使下雨"的意思，"ても"表示逆态接续。由此可以判断出后面的"_____試合は続いている"应该是"比赛仍在继续"最为恰当。"いっそう"是"更，越发"，"すっかり"是"完全，全部，都"的意思。

32. あの人は＿＿＿＿こわそうだが、本当は心のやさしい人だ。

    A. 今にも   B. 正に   C. 一見   D. 知見

"今にも"是"马上，不久，眼看"的意思。"正に"是"真的，的确，正好"之意，"一見"是"初看，乍一看"的意思。放入原句中的意思是"那个人虽然乍一看好像很可怕，但其实是一个心地十分善良的人"。而"知見"是"见识"的意思，放入原句中逻辑上都不正确。

33. こちらは私の父の兄、＿＿＿＿私の伯父です。

    A. つまり   B. なるほど   C. やっぱり   D. 実際は

"つまり"是"总之，就是说"的意思，通常用于对前句的解释、说明等。原句是"这位是我父亲的哥哥，也就是我的伯父"之意。"なるほど"是"的确，果然"的意思。"やっぱり"是"仍然，果然，到底还是"之意。而"実際は"是"实际上"意思，放在原句中都不合适。

34. 郵便局に行く＿＿＿＿たばこ買ってくれない？

    A. ところに   B. とおりに   C. ついでに   D. どころか

本题容易混淆的是「ところに」，「ところに」表示「ちょうど～の時に」。如「いいところに来たね」。"とおりに"是"照……样，如，像"。"ついでに"是"顺便，就便"的意思。原句的意思是"去邮局顺便能给我买包烟吗？"。"どころか"是"不但……反而，岂止……也"。

35. 彼の＿＿＿＿にも程がある。

    A. 物好き   B. 好きずき   C. お好み   D. 好き

"物好き"是"好奇，好事（者），另类"的意思。原句话的意思是"与众不同但也不可太过火（应有所克制）"。"好きずき"是"各有所好，爱好不同"的意思。"お好み"是指"（对方的）爱好，嗜好"。"好き"是"爱好，嗜好"的意思。

36. この案は、一時＿＿＿＿にする。

    A. 持ち上げ   B. 切り上げ   C. 荷上げ   D. 棚上げ

"持ち上げ"是动词"持ち上げる"的「ます形」，意为"拿起，举起"。"切り上げ"是"结束"的意思。"荷上げ"是"（从船上）卸货（工人）"的意思。"棚上げ"是"搁置，暂不处理"的意思。原句意思是"把这个议案暂时搁置下来"。

37. 私は「山下」_____人は知りません。
   A. なんか　　　　B. なんだ　　　　C. なんて　　　　D. なんで

   "なんか"是"什么，……之类"的意思，表示举一例暗示其他同类事物，并且使用时后面不接名词。"なんだ"是对意外事态表示吃惊或失望的情绪，有"什么，怎么，哎呀"之意。"なんて"在此是"所说的，所谓"的意思，后面可接续名词，在此处相当于"…という"。"なんで"多用于反问，是"为什么，何故"的意思。

38. 上海の李様、_____ましたら、受付までお越しください。
   A. いらっしゃい　B. いられ　　　　C. おり　　　　　D. い

   此题涉及到了敬语动词。首先考生要通过句子来判断应填的是尊敬语还是自谦语。通过"李様""お越しください"可知应是尊敬语,并且在此句中应是"来る"的尊敬语动词。

39. 「美味しいケーキを買ってきましたので、_____ませんか。」
   A. いただき　　　B. 召し上がり　　C. 食べられ　　D. 食われ

   对对方的动作应用尊敬语。此句中的意思是"我买了好吃的蛋糕,您吃吗？"。"食べる"的尊敬语动词是"召し上がる"。

40. 彼は_____と努力して、ついに大発明をした。
   A. なくなく　　　B. しぶしぶ　　　C. きびきび　　　D. こつこつ

   此题是对拟声、拟态词的考查。"なくなく"是"哭哭啼啼; 忍痛"之意。"しぶしぶ"是"勉勉强强"的意思。"きびきび"是"麻利,爽利,利落"的意思。"こつこつ"是"孜孜不倦,刻苦勤奋"的意思。对于拟声、拟态词,考生只有下大力气认真记忆了。

41. 引越しの時、せっせと大きい荷物を運ぶ弟がとても_____思えた。
   A. 親しく　　　　B. 頼もしく　　　C. はなはだしく　　D. やかましく

   "親しい"是"亲密,亲切"的意思。"頼もしい"是"靠得住,可以指望"的意思。"はなはだしい"是"非常,很大"的意思。"やかましい"是"吵闹,喧嚣; 啰嗦,唠叨"的意思。

42. 大学は卒業した_____就職せずにブラブラしている者が増えている。
   A. ことの　　　　B. わけの　　　　C. はずの　　　　D. ものの

   "こと"是"事情","わけ"是"道理,理由","はず"是"应该,理应"的意思。"ものの"是逆态接续助词,"虽然……但是"的意思。通过原话可知句子前后项是转折关系,"ブラブラ"是"赋闲,无职闲居"之意。

43. 激しい雨＿＿＿＿＿＿サッカーの試合は続けられた。

　　A. にもかけておらず　　　　　　　　B. にもかからず

　　C. にもかけず　　　　　　　　　　　D. にもかかわらず

> "～にもかかわらず" 接体言、形容动词词干、动词连体形后，是 "不管
> ……，不顾……" 的意思，相当于 "であるのに""なのに"。其他选项是均
> 不存在的干扰项。考生只要熟记句型，就可以轻松解答此题。

44. 都市の生活は、便利である＿＿＿＿＿＿、忙しくゆとりのない生活でもある。

　　A. 反辺　　　　　B. 反面　　　　　C. 反則　　　　　D. 反手

> "反面" 是 "反面，另一方面" 的意思。通过原句可以得知句子前后是相反
> 意义的内容，"ゆとり" 是 "宽裕，余地" 的意思。"反則" 是 "犯规，违反
> 规则" 的意思。"反辺""反手" 是不存在的干扰项。

45. 会議の＿＿＿＿＿＿に、携帯がなってしまった。

　　A. 中　　　　　　B. 際　　　　　　C. 最中　　　　　D. うち

> "最中" 是 "正在进行" 的意思。"会議の最中に" 是 "正在开会" 之意。"～中"
> 是 "正在……"，与前面的名词之间不用助词「の」连接。"際" 相当于 "おり、
> 機会"，是书面语，"……之际，时机，关头" 的意思。"うち" 是 "趁着……时，
> 在……之内" 的意思，接在表示时间的名词之后，用于动词性名词时则不行，
> 如 "授業のうちに寝てしまった（×）"。

四、次の文の＿＿＿に入れる最も適当なものを後の A、B、C、D の中から一つ選んで、解答
　　用紙のその番号に印をつけなさい。（1 × 15 ＝ 15 点）

解答技巧综述

> 　　专业日语四级能力测试的语法部分考得比较多的还是初级阶段的基本语法
> 点，比较简单。除了基本的格助词 "が""を""に""で""の""から" 等的意
> 义和用法外，考生还要学习和掌握接续助词、副助词、助动词等。此外还要注
> 意区分一些近义词的差异和不同语感，比如 "ところが""ところで""どころか"
> 等。熟记各种句型，并且注意前后搭配及呼应表达。

46. 梁さんは毎日二時間_____日本語を勉強します。

    A. で   B. に   C. ずつ   D. まで

> "ずつ"是副助词。接在数量词或表示数量词的副词之后，表示分配相同数量（等量分配）或在单位时间里、单位次数里重复同一数量（等量反复）。相当于汉语的"各……，每……"。

47. おかしなことを言ったので、私はみんな_____笑われました。

    A. に   B. で   C. と   D. は

> "に"是格助词,在此句中表示被动句中的动作主体,意思是"我被大家笑话了"。

48. 長いの_____短いの_____ばかりで、適当なのは一つもなかったんです。

    A. も…も   B. で…で   C. など…など   D. とか…とか

> "とか"表示一般的并列、例举两个或两个以上的事物、动作,接体言或用言、助动词的终止形、句子后,最后一个"とか"可以接"が、は、を、と、の、に、だ"等助词。副助词"ばかり"不能接在"も／も""で／で"など／など"之后。

49. 彼は部屋の中_____行ったり来たりしています。

    A. を   B. で   C. に   D. へ

> "を"后接自动词，表示动作经过的场所。此句的意思是"他在房间里走来走去"。

50. このごろ、猫の手も借りたい_____忙しいです。

    A. さえ   B. くらい   C. ばかり   D. のみ

> "猫の手も借りたい"是修饰"忙しい"的，前者为后者的程度。"さえ"表示强调，举出一项极端的事例，暗示其他一般事例，接在连用形后，在此不符合句意。"くらい"接在用言连体形后，表示大约相同的程度。"ばかり"当表示大约程度时只能接在数量词后，而"のみ"表示限定范围，也不符合句意。

51. あそこは空気もきれいだ_____、景色もいいので、ときどき行きます。

    A. って   B. ったり   C. し   D. に

> "し"是接续助词,接在用言终止形之后,表示原因的并列。并且此题符合"～も～し、～も"这一句型,相当于汉语的"既……，又……"。

52. あの人は熱を出している＿＿＿＿＿＿＿外で運動しています。
　　A. ので　　　　　　B. のに　　　　　　C. ほど　　　　　　D. でも

> "のに"是表示逆态意义的接续助词，接在用言连体形之后，表示前项条件与后项结果为矛盾关系，常含有一种意外、不满、失望、遗憾、责怪等语气。句子的意思是"他发烧了，却还在外边做运动"。

53. ここはバスも電車もないところから、歩いて行く＿＿＿＿＿＿＿ありません。
　　A. だけ　　　　　　B. ばかり　　　　　　C. しか　　　　　　D. ぐらい

> "しか"是提示助词，接在用言的终止形或体言之后，后续否定式，表示仅限于此，除此之外全面否定。此句是个否定句，四个选项中只有"しか"能与否定搭配使用。此句的意思是"这里既没有公共汽车，也没有电车，所以只能走着去"。

54. あまり遠く＿＿＿＿＿＿＿なければ、子供たちを連れて行ってもかまいません。
　　A. でも　　　　　　B. こそ　　　　　　C. さえ　　　　　　D. て

> "さえ"是副助词，接在用言连用形之后，与假定形相呼应，构成惯用句型"～さえ～ば"，表示只要具备某一条件，其他事项就可以成立，是"只要……就"的意思。这道题的意思是"只要不是很远，带小孩去也没关系"。

55. あの小説は借りた＿＿＿＿＿＿＿で、まだ読んでいません。
　　A. くらい　　　　　　B. ほど　　　　　　C. ずつ　　　　　　D. きり

> "きり"是副助词，接在动词过去式后，与谓语的否定形式相呼应，表示以此为界，再也没有发生预想的某事态之意。此题的意思是"那本小说借来以后，就再也没有看过"。

56. 最初はいらいらしていた学生たちが、一週間後には落ち着く＿＿＿＿＿＿＿。
　　A. ことができます　　　　　　　　　B. ようにできました
　　C. ことになりました　　　　　　　　D. ようになりました

> "ようになりました"是惯用句型，表示状态的变化。句子的大意是说从"最初"到"一週間後"的情况变化，而不是指能力如何。这道题的意思是"起初学生们焦躁不安，可一周后就稳定下来了"。

57. いつもそのお話を聞いているので、もう全部丸暗記する＿＿＿＿＿＿＿。
　　A. とはかぎりません　　　　　　　　B. とはいえません
　　C. までになりました　　　　　　　　D. ばかりになりました

> "まで"是副助词。接在用言连体形之后，可以表示程度或限度。"までになりました"表示变化达到的最终程度，符合句意。此题的意思是"平时总是听到那样的话，都已经到了能完全背诵的程度"。

58. 車のブレーキが壊れたようですが、ちょっと_____。

    A. 見せてくれませんか　　　　　　　B. 見てくれませんか

    C. 見られませんか　　　　　　　　　D. 見えませんか

> 考生首先要明白句子的意思，是说汽车的刹车坏了，想请对方给看一下。"～てくれる"是指别人为我（或我这一方的人）做某件有意义的事情。A是"请把……给我看看好吗？"，C是"能看见吗？"，D是"看得到吗？（指景物自然而然地映入眼帘）"。

59. 景気が悪いから、私の友達の中にも_____人がいます。

    A. 失業させられた　　　　　　　　　B. 退社させられた

    C. 辞めてもらわれた　　　　　　　　D. 首に切らせられた

> 此句的句意是因为不景气，所以朋友也有人被炒鱿鱼了。可见此处应用动词的使役被动态。"退社する"是"会社をやめる"之意，"失業する"是"職を失う"。"～てもらう"是补助动词，没有被动态。"首を切る"为"炒鱿鱼"之意，是指公司的行为，用被动态，表示被炒鱿鱼。

60. 正確な時間はもう今は思い出せないが、いつもより一時間は_____。

    A. 早かったと思います　　　　　　　B. 早いと思いました

    C. 早いと思い出しました　　　　　　D. 早かったと思い出しました

> 通过"もう""思い出す"可知是在谈论过去的事，因此"早かったと思います"中的"早い"用过去式是正确的。又是现在陈述自己的看法，所以用现在时。

五、次の文章の空欄に入る最も適当な言葉を、後のA、B、C、Dから一つ選びなさい。（1 × 10 = 10 点）

> **解答技巧综述**
>
>   专业日语四级能力测试的完形填空是一个全新的题型，它要求考生更全面地掌握单词和语法点。通常文章会在1000字左右。分析前后句的关联是完形填空的重点。考生在做题时首先要通读全文，掌握全局，不要拿过来就做。要随时注意句子的前后联系，在上下文中寻找答题线索。最后把答案放回原文，检查逻辑和意思是否通顺。

    地球の長い歴史のなかで、今からおよそ35億年以上も前に生命が海で誕生したといわれています。[　61　]、原始的な生物が進化の長い道のりをへて海の中で徐々に変化

し、一部の生物はやがて陸上へとあがっていったといわれています。陸上動物の体液が、海水の組成に非常によく似ていることはよく知られています。このため、海は「生命の源」、「母なる海」などといわれます。

[62]、私たち人間はどのような環境でも生きられるのではなく、大まかに見た場合には、地球をとりまく大気が現在のような条件下[63]、安定した生活は成り立たないのです。温度にしても、湿度にしても、酸素あるいは二酸化炭素にしても、[64]範囲の中でなければ、人間は長期にわたって安定して生活しつづけることは不可能です。このような大気の条件を比較的安定した状態で保つのに、海はきわめて重要な役割を演じているのです。食糧の供給というような面のみならず、人間生存の場としての地球の環境を維持する[65]海のはたしている役割を正しく理解することは、私たちが快適な生活をつづけるためにも、[66]他の多くの生物がこの地球上で繁栄しつづけるためにも、大切であるといわなければなりません。

昔から「青い海」とよくいわれてきました。[67]人工衛星から撮影した地球の写真を見ると、海のかなりの部分が青く見えます。しかし、ミクロに見ると、内湾や沿岸部をはじめとして、海の汚れは近年著しいものがあります。海岸に立って見たとき海が青く美しく見える場所は、現在の日本ではどのくらいあるでしょうか。海の汚れは、その大部分が私たち人間のいろんな活動の結果なのです。[68]発展した産業活動はもちろんのこと、私たちの日常生活の結果としても海が汚れていきますし、戦争もまた海を直接間接に汚すことに大きくかかわっています。[69]、海洋開発の名のもとに、海の多面的な開発利用が各方面で検討されています。私たち人間は、陸にしても海にしても、それらを多かれ少なかれ改変することなしには生きてゆけないまでに活動を広げてしまいましたが、[70]、海が利用が、長い目で見て地球環境にどのような影響をおよぼすかを十分に考慮したうえで、賢明に行動しなければならないときにきていることをつよく認識しなければなりません。

61. A. あっけなく　　B. そのように　　　C. そうして　　　　D. うれしくも

> "そうして"是表示顺接意义的接续词。相当于汉语的"然后；于是"

62. A. ところが　　　B. ところで　　　C. ところに　　　　D. ところは

> 考生要明白此题之前的话题是说海洋是生命之源，是母亲海，而之后则讲人类的生存环境。这种话题的转变和延伸，正是"ところで"的用法。"ところが"是表示因意外或没有料想到而感到吃惊，相当于汉语的"但是……，却……"。"ところに"是"正在做……的时候"之意。

63. A. であれば　　　B. になければ　　　C. でなければ　　　D. にあると

这道题根据判断句的假定形排除B和D。根据上下文的意思"如果不是这样的话"，可以判断出正确答案。此外，下一句话基本是对此句话的具体阐述，由64题后的表达也可推测出正确答案。

64. A. かぎった　　　B. かぎられた　　　C. きめた　　　D. きめられた

"限られた"意为"有限的"。C和D意思不符。

65. A. うえで　　　B. うえに　　　C. ところで　　　D. ところに

"うえで"前接动词连体形或"体言の"，"で"表示限定的范围，相当于"……に関すること"，即"在……方面"，"在……上"。"うえに"表示添加、补充。

66. A. また　　　B. しかし　　　C. まだ　　　D. でも

根据前句"私たちが快適な生活をつづけるためにも"和后句"他の多くの生物がこの地球上で繁栄しつづけるためにも"可知两句是并列关系，因此A是正确的。

67. A. たぶん　　　B. おそらく　　　C. じつに　　　D. たしかに

"たしかに"是"的确，确实"的意思。此题前句是"昔から「青い海」とよくいわれてきました"，后面则是提供证明"人工衛星から撮影した地球の写真を見ると、海のかなりの部分が青く見えます"，因此在逻辑和意思上D是正确的。

68. A. 著しく　　　B. 宜しく　　　C. 美しく　　　D. 楽しく

"著しい"是"显著、明显"之意，可以修饰"発展"一词。

69. A. 近代　　　B. 近年　　　C. 近況　　　D. 時々

A是"近代"，C为"近况"，D为"有时、时而"，都与原文意思不符。

70. A. 今で　　　B. 今と　　　C. 今に　　　D. 今や

"今や"为"现在正是……，正处在……"之意。

六、読解問題

　　读解部分历来是专业四级考试的重点和难点，很多考生在面对长句子、长文章往往不知其所云；而有的考生即使读懂了文章的词句、了解了文章的大概，在选择时仍是举棋不定，错误连篇。解决这些问题的关键，当然是平时要多读多练，有一个扎实的基本功。但同时也不可忽视读解的方法，方法得当的话，一些看似难解的问题也会迎刃而解。比如说抓住文章中反复出现的同一个词或句，因为这些往往与文章的主旨密切相关；要注意指示代词的所指内容，一般情况下，「こ～」所指的内容在前，有时也在后，而「そ～」所指内容大部分在前；还要掌握一些表示顺接和逆接的接续词，这对正确理解文章起着非常重要的作用。

問題一、次の【文章1】と【文章2】を読んで、それぞれ後の問いに答えなさい。（1 × 5 ＝ 5 点）

【文章1】

　　夏休みが終わって最初の日曜日である。小学五年生にある下の女の子が、今年の夏は寒くてプールにいけず、水泳の練習ができなかったと、突然言い出した。新学期になったらすぐ、二十五メートル泳ぐテストがあり、自分はどうしても合格しなければならないのだ、と。

　　要するに、今日プールに行きたいと①言っているのである。妻は小学校の校庭開放の当番にあたっている。高校一年生になる上の男の子は、夏休みの宿題が終わらないので追い込みだという。結局、②付き合えるのは私一人しかいないのだった。

　　「よし、お父さんと二人でいこう、特訓だ。」

　　私はそういってしまった。本当は早急に書かなければならない原稿もあったのだが、このところ机にずっと座り詰めで、③運動不足気味であった。私にしても、プールにいこうという誘いは、天の助けのようなものかもしれない。一人でなどとてもプールにはいかないのであるから。

71. ①言っているのは誰か、最も適当なものを次から一つ選びなさい。

　　A. 筆者　　　　B. 妻　　　　C. 息子　　　D. 娘

> 考生首先要读懂第一段的内容。第一段主要是说上小学五年级的女儿说因为今年夏天冷，没有练习游泳。新学期一开始就有 25 米游泳考试，她想无论如何都要及格。然后考生要注意第二段开头的接续词「要するに」，是"总之，简而言之"的意思。根据上下文的逻辑关系，可以得知是女儿说想要去游泳池。

72. ②<u>付き合える</u>とあるが、何のために付き合うのか、最も適当なものを次から一つ選びなさい。

  A. 水泳の練習　　　B. 校庭開放　　　　C. 夏休みの宿題　　　D. 原稿書き

> 根据上文说女儿今天要去练习游泳，而妻子正赶上小学校园开放要值班，上高中的儿子又忙于暑假作业，所以只有做父亲的我有空陪女儿去。

73. ③<u>運動不足気味</u>とあるが、なぜ運動不足気味なのか、最も適当なものを次から一つ選びなさい。

  A. ずっと娘に付き合っていなかったから。

  B. ずっと原稿を書いていたから。

  C. 夏休みで長くやすんだから。

  D. 早急に原稿を仕上げたから。

> 此题问的是为什么感觉运动不足。根据上句"本当は早急に書かなければならない原稿もあったのだが、このところ机にずっと座り詰めで"，可知是由于最近总是坐在桌前赶稿子的缘故。

【文章２】

　「何杯食べても四百円か」男は、ラーメン屋の立て看板に目をやると、すぐに店の中に入った。男は若く、体格がよく、かなりの大食漢。

　ラーメンを一杯、軽く食べると二杯目に入った。

　「お客さん、どんどん食べてください」

　やがて、三杯目。これもクリア。

①<u>「まだまだ遠慮しないで、もっと食べてもいいんですよ。」</u>

　「それにしても、②<u>こんなことでよく商売が成り立つな。</u>」

　男は四杯目に入った。だが、さすがに全部食べることはできなかった。

　「もう腹一杯。四杯でやめておくよ。お勘定！」

　「千六百円です。」

　「えっ、四百円じゃないんですか。」

　「おかしいな」と思い、看板を見ると、「何杯食べても一杯四百円」の間違いだった。

74. ①<u>「まだまだ遠慮しないで、もっと食べてもいいんですよ。」</u>とあるが、店の人はどういう考えでこう言ったか、最も適当なものを次から一つ選びなさい。

  A. 客が食べれば食べるほどそれだけ自分がもうかると考えたから。

  B. 客がラーメンをどんどん食べる様子が気持ちよく思えたから。

C. 客が遠慮していると思い、もっとすすめようと思ったから。

D. 客がとてもお中が空いていてかわいそうに思えたから。

> 看完全文可知这是商家利用一字之差赚钱的故事，因此商家说此话的目的是劝客人吃得越多他就越赚钱。

75. 男が②こんなことでよく商売が成り立つなと考えたのはなぜか、最も適当なものを次から一つ選びなさい。

A. その店の人が自分に無理に食べさせようとしたから。

B. その店ではラーメンが一杯四百円しかしなかったから。

C. その店で食べたラーメンがあまりおいしくなかったから。

D. その店のラーメンは何杯食べても四百円だと思ったから。

> 根据上下文可知客人以为无论吃多少碗拉面都是四百日元，才有了客人认为这样的话店家怎能赚到钱的疑问。

問題二、次の文章を読んで、後の問いに答えなさい。(1 × 10 = 10 点)

　日本人に個性がないということはよく言われていることだけれど、今世界的に、一週間、或いは年間にどれだけ働くか、ということについて、常識的な申し合わせが行われていることには、私は①いつも違和感を覚えている。

　私は毎年、身体障害者の方たちとイスラエルやイタリアなどに巡礼の旅をしているが、一昨年はシナイ山に上った。盲人も六人、ボランティアの助力を得て頂上を究めた。

　普段、数十歩しか歩けない車椅子の人にも、頂上への道を少しでも歩いてもらった。②障害者にとっての山頂は、決して現実の山の頂きではない。もし普段百歩しか歩けない障害者が、頑張ってその日に限り、山道を二百歩歩いて力尽きたら、③そここそがその人にとっての光栄ある山頂なのである。

　④人間が週に何時間働くべきか、ということにも、ひとりひとりの適切な時間があると思う。労働時間を一律に決めなければならない、とするのは専門職ではない、未熟練労働に対する基準としてのみ有効である。

　未熟練労働者の場合は、時間あたりの労働賃金をできるだけ高くし、それによって労働時間を短縮しようとして当然である。

　しかし⑤専門職と呼ばれる仕事に従事する人は、労働報酬の時間あたりの金額など、ほとんど問題外だ。

　私は小説家だが、小説家の仕事も専門職に属するから、一つの作品のためにどれだけ時間をかけようと勝手である。短編をほんの二、三時間で書いてしまうこともあるし、十年、二十年と資料を集め調べ続けてやっと完成するものもある。一つの⑥作品に私が

どれだけの時間や労力や調査費をかけようが、昼夜何時間ずつ働こうが、それは私がプロである以上、自由である。

日本の社会の中には、職場の同僚がお互いに⑦牽制するので、取ってもいいはずの休みも取れない人が確かにかなりいる。小さな会社の社長に頼み込まれると、したくもない残業をしなければならなくなる社員もいる。そうしないと会社が潰れて失業をすることが⑧目に見えているからである。その結果「過労死」などということも稀には起きることになる。

しかし、日本人の中には、仕事が趣味という人も実に多い。ブルーカラー[注1]と呼ばれている人たちの中にさえ、どうしたら仕事の能率が上るか考えている人はざら[注2]である。趣味になりかけているものが、たまたま会社の仕事だから、時間が来たら帰らねばならない、というのもおかしなことだ。それは⑨プロ[注3]の楽しみを妨げることであって、一種の個人の自由の束縛というものである。

ただそれほど働きたくない人は仕事をしない自由を完全に守れるように、社会は体制を作り変えるべきである。

注1：ブルーカラー＝肉体労働者。

注2：ざら＝同類がいくらでもあって珍しくない様子。

注3：プロ＝職業的、専門的。

76. ①いつも違和感を覚えているとはなぜか、最も適当なものを次から一つ選びなさい。
    A. 日本人に個性がないと言われているから。
    B. 世界的に労働時間が決められているから。
    C. 適切な労働時間は人によって異なるから。
    D. 未熟練労働に時間基準を設けているから。

> "申し合わせ"是"协议，协定"，从前句来看，笔者是对用常规意义的协定来设定或统计人的劳动时间感到不合适。

77. ②障害者にとっての山頂は、決して現実の山の頂きではないとあるが、それはなぜか、最も適当なものを次から一つ選びなさい。
    A. 障害者にとって少し上っただけでは、現実の山頂に上ったとは言えないから。
    B. 障害者にとって少し上っただけでも、現実の山頂に上ったのと同じだから。
    C. 障害者にとっての山頂は現実の山頂よりもずっと高いものだから。
    D. 障害者にとっての山頂は現実の山頂よりもずっと低いものだから。

> 这道题根据后句所示虽然只是两百步，但是对于身体有残疾的人来讲就是山顶。

78. ③そこは何を指しているのか、最も適当なものを次から一つ選びなさい。

A. 百歩歩いたところ　　　　　　　　B. シナイ山の山頂

C. 力尽きたところ　　　　　　　　　D. 現実の山の頂き

考生要注意指示代词所指的内容，一般情况下，"そこ"所指的内容在前面，也就是"力尽きたところ"。这句话的意思是只能走一百步的残疾人在自己的努力下走了二百步，这就是他的"光荣的山顶"。因此并非实际数字上的二百步，而是表示已经尽到自己能力的地方。

79. ④人間が週に何時間働くべきか、ということにも、ひとりひとりの適切な時間があると思うのはなぜなのか、最も適当なものを次から一つ選びなさい。

A. 未熟練労働者か専門職かで労働時間に対する考え方が違うから。

B. 労働報酬の時間当たりの金額を高くしなければならないから。

C. 未熟練労働者は長時間働かなければならないから。

D. 小説家は専門職だから。

通过上下文可知作者要强调对于劳动时间，不能一概而论，"未熟練労働者"和"専門職"的劳动时间的衡量是完全不同的。

80. ⑤専門職と呼ばれる仕事に従事する人は、労働報酬の時間あたりの金額など、ほとんど問題外だとあるが、それはなぜなのか、最も適当なものを次から一つ選びなさい。

A. 専門職の人は、満足できるまですればよいから。

B. 専門職の人は、労働の時間を短縮できないから。

C. 専門職の人は、よりよい文章を書けばよいから。

D. 専門職の人は、よりよい仕事をすればよいから。

这道题文章中作者举了他自己写小说的例子，来说明不能以劳动时间来衡量专职工作。通过"勝手""自由"可以判断出正确答案。

81. ⑥作品とあるが、ここで言う「作品」は、どんなものか、最も適当なものを次から一つ選びなさい。

A. 二、三時間だけかけて書く短編　　B. 十年、二十年もかけて書く短編

C. 自分が満足できるまで書く短編　　D. 読者が満足できるまで書く短編

通过"それは私がプロである以上、自由である"可以判断这里的作品是指能够让自己满意的短篇。

82. ⑦牽制するとあるが、一体これは本文中でどういう意味で使われているか、最も適当なものを次から一つ選びなさい。

A. 相手の注意を自分の望む方に引き付けることによって、自由に行動できないようにすること。

B. 相手が配慮することによって、自分が望む方に自由に行動できないようにされてしまうこと

C. 他人のことを自分の望む方に引きつけることによって、自由に行動できないようにすること

D. 他人のことなどを配慮して、自分が望む方に自由に行動できないようにされてしまうこと。

> "牽制する" 原意是 "相手の注意などを引き付けて自由にさせないこと"。
> 在文中是指因考虑到他人，自己的行动就受到了限制。

83. ⑧目に見えているとは本文中でどういう意味で使われているのか、最も適当なものを次から一つ選びなさい。

A. 事情がよくみられる。　　　　B. 事情が簡単に分かる。

C. 他人がよく眺めやる。　　　　D. 目にして知っている。

> "目に見えている" 是 "显而易见" 的意思。

84. ⑨プロの楽しみとはどういうことか、最も適当なものを次から一つ選びなさい。

A. 専門職の作家が小説を趣味として書くこと

B. 仕事と趣味を互いに妨げなく両立させること

C. 納得のいく仕事をするために時間をかけること

D. 社長に頼みこまれてしたくもない残業をすること

> 这道题作者不赞成 "仕事が趣味"，认为那样做是 "一種の個人の自由の束縛"。

85. 筆者の主張に合っているものはどれか、最も適当なものを次から一つ選びなさい。

A. 職場の同僚に遠慮せずに休みはできるだけ取るべきだ。

B. 長時間働くのも、あまり仕事をしないのも、個人の自由だ。

C. 仕事が趣味の人も時間が来たら仕事を止めて帰らなければならない。

D. 労働時間の短縮は世界の流行だから、日本人ももっと休んで過労死を防ぐべきだ。

> 这道题 A 和 C 只是在文章中提到过，并非是主要内容。作者也并没有在文章中呼吁要缩短劳动时间，而是一直在强调这是个人的自由，因工作类型的不同而不同。

第二部分

七、次にある未完成の文を完成しなさい（解答は解答用紙に書きなさい）。（1 × 10 ＝ 10 点）

　　专业日语四级能力测试的完成句子部分主要是考查学生对句型的理解和掌握程度。共 10 道题，每题 1 分，只有全对或全错，不会出现半对的情况。每道题只提供不完整的句子，要求考生在此基础上，在划线部分把句子补充完整。考生平时要注意多记句型，必要时可以多背一些例句。除了要牢牢掌握句型的意义、功能、用法等相关方面以外，还要根据上下文，找出能在分析逻辑上起帮助的关键词，这样才能很快理出头绪，完成句子。尤其是一些副词很重要，与其相呼应的语气也要熟记。比如说"なかなか～ません""もうしかすると～かもしれない""ぜひ～たい／ほしい／てください"等等。

86. いくら探しても＿＿＿＿＿＿＿＿＿＿＿＿＿＿＿＿＿＿＿＿＿。

「いくら＋动词连用形＋ても」是惯用句型。「いくら」是副词，它与后面的接续助词「ても」相呼应，表示逆态接续。后项多为否定或消极的表现。相当于汉语的"无论怎么……也"的意思。

【例句】いくら探しても欲しい情報が手に入らない（怎么找都得不到想要的信息）／

　　　メガネがありません（怎么找都找不到眼镜）／

　　　ない（怎么找都没有）。

87. もしかしたら食堂に財布を＿＿＿＿＿＿＿＿＿＿＿＿＿＿＿＿＿。

「もしかしたら」是副词「もしか」后续「したら」构成的惯用表达方式，与「かもしれない」相呼应，表示可能会发生。相当于汉语的"也许会……""说不定……"。

【例句】もしかしたら今日は彼に会えるかもしれない（今天也许能见到他）／

　　　王さんはまだ大連にいるかもしれない（说不定小王还在大连）／

　　　間に合うかもしれない（说不定来得及）。

88. 五年間も恋をした結果、とうとう＿＿＿＿＿＿＿＿＿＿＿＿＿＿＿。

「とうとう」是副词，表示经过漫长的时间最终达到的结果。

【例句】多年の願いはとうとう実現された（多年的愿望终于实现了）／

　　　3時間待ったが彼はとうとう来なかった（等了 3 个钟头，可是他最终还是没来）／

彼は勉強し過ぎて、とうとう病気になってしまった（他过度用功学习，最终病倒了）。

89. すみません、聞こえないから、もう少し＿＿＿＿＿＿＿＿＿＿＿＿＿。

这道题是对话请求题，"聞こえない"是"听不见"的意思。"もう少し"是"再……一些"的意思。

【例句】すみません、聞こえないから、もう少し音を大きくしてください（请再把声音调大一点）。

90. 彼は勉強もせずに＿＿＿＿＿＿＿＿＿＿＿＿＿＿＿＿。

「动词未然形＋ずに」是惯用句型，表示在前面的动作或状态没有发生的情况下，发生了后面的动作或状态。

【例句】彼は勉強もせずに遊んでばかりいる（他也不学习，光玩了）。

91. ボーナスをもらったから、今日の食事代は私に＿＿＿＿＿＿＿＿。

「から」是表示原因的接续助词，表示说话者主观强调的原因、理由。后项多为叙述说话者的意志、命令、推测、禁止、劝诱、请求等句式。

【例句】バスがなかなか来ないから、タクシーに乗りましょう（公共汽车总也不来，打车吧）／たいした病気ではないから、心配しなくてもいいですよ（没什么大病，请不必担心）。

92. ふだん勉強しなかったから、できないのは＿＿＿＿＿＿＿＿。

这道题仍然是一个因果关系句，按照上下文的逻辑，其谓语也应该是表示因果关系的语句。

【例句】ふだん勉強しなかったから、できないのはあたりまえです（因为平时不用功，不会做也在情理之中）。

93. この荷物は百キロもあるから、いくらなんでも一人では＿＿＿＿＿＿。

「では」接在表示手段、状态、时间等名词后，在此句中是"在……情况下""若是……"之意，后续内容多为在此状况下将会有的可能。

【例句】この天気では明日は雨でしょう（看这个天，明天大概要下雨）。

94. もしもし、留学生の王ですが、山田先生は＿＿＿＿＿＿＿＿＿＿＿。

> 这道题是打电话的场景，要找的是"山田先生"，要用敬语。

【例句】もしもし、留学生の王ですが、山田先生はご在宅ですか（喂喂，我是留学生小王，山田老师在家吗？）。

95. 日本人の先生に日本語の発音の指導を＿＿＿＿＿＿＿＿＿＿＿。

> 这是一道一般陈述题，根据做提供的语句，得知这些语句之间的语义关系是向日籍老师请教日语的发音，这样才符合逻辑。同时还要注意表达时敬语的正确使用。

【例句】日本人の先生に日本語の発音の指導をしていただきました（向日籍老师请教日语的发音）。

八．次の点に注意して、「自然を守ろう」という題で指定した用紙に作文をしなさい。（15点）

> **解答技巧综述**
>
> 作文部分旨在考查学生在基础阶段结束时日语的书面表达能力。往往是要求根据已定题目或图表、统计数字等写一篇 350 ～ 400 字的作文。要求内容紧扣主题，言之有物；用词准确贴切，语法无错，表达通畅；书写格式正确，特别要注意日文的书写格式与中文不同，段首只空一格即可；文体得当，要用简体。考生平时要多看一些各种体裁的作文，并且注意掌握其书写格式，比如书信的格式要求比较多等。必要时最好背几篇写人、叙事、议论、书信等短文，以备考试时用。

1．文体は常態（簡体）にすること。

2．字数は350 ～ 400 字にすること。字数オーバーまたは不足の場合は減点となる。

大学日本語専攻生四級能力試験問題（2006）

（試験時間：160 分）
注意：解答はすべて解答用紙に書きなさい。

第一部分

一、聴解（1 × 20 ＝ 20 点）

聴解 A　次の会話を聞いて、正しい答えを A、B、C、D の中から一つ選びなさい。では、は
　　　じめます。（1 × 10 ＝ 10 点）

1番

> 此题属于对话题中的时间类试题，一定要在听解时做好记录。"だっけ"表
> 确认。"你说的星期五是指 25 号吗？今天是 22 号，（25 号）难道不是星期天
> 吗？"由此可知，25 号是星期天，那么 22 号就应该是星期四了。

2番

> 此题最关键的一句话就是"どうかと思う"。这句话的意思相当于"変だと
> 思う / おかしいと思う"。

3番

> 解题关键在"僕、なんでも左手でやっているから"，由此可知，他伤的是右手。
> "足を滑らして"是造成受伤的原因，但不是受伤的部位。

4番

> 对话的最后女的说"既然已经答应了，就只有努力做好，不是吗"，男人的
> 回答"そうかな、しようがないか"实际就是认同了女人的观点，所以最后
> 还是由他自己来做发言。

5番

> 女孩做饭是因为妈妈回来得太晚，自己挨饿，没有办法只能自己做。只要抓
> 住关键信息"遅い / おなかすいちゃって / 自分やるしかない"即可推断出
> 正确选项。

6番

关键句是 "うちに使っていないテレビがあるだけど、それでもいいかしら"，及回答 "助かるよ、ありがとう"，由此可知，最后女的把家里不用的电视给男的用了。

7番

解题关键是现在男人是什么样的心情。从 "冗談はないよ" 和 "まさか。座らなかったよ" 这两句话的语气中可以推断出，他对被让座这件事并不感到欣喜和感激。正确解答此题还需要对日本电车文化有一定了解。日本的老头老太太通常不会坐在电车的优先席上，也不大接受别人给他们让座。被让座时，通常会谢绝，脸上一副 "我还年轻，还没有到被人让座的年龄" 的表情。所以此题中的男人被让座时觉得自己被当成了老头子，很受打击。

8番

解题关键是父亲让山田做什么了。只要听懂 "父に妹の宿題を見るように言われて" 即可。其他都是干扰信息。

9番

解题关键是问卷调查的第一位是什么。最先出现的信息是 "顔とか身長とか、見かけ"，但是被女人否定了。接下来 "性格" 这条信息干扰性非常强，因为女人的回答也说性格很重要等等。但是最关键的是 "んー、意外に収入だったりして" 这句，出人意料排在第一位的竟然是收入。

10番

解题关键是男人认为怎么做好。"他人が下手に口を出すと、収まるものも収まらなくなるよ" 是关键句，由此可知男人认为旁人最好什么都不要做。

11番

此题对话内容很简短，这就要求考生要迅速抓住关键句。提问的关键是父亲在批评女儿什么事情。"また、服脱ぎっぱなしにして" 是听解的关键，意思是说女儿又脱了衣服放那儿不管了。

12番

根据此题的关键句 "いい奥さんになるだろうな" 可知男人认为大山做妻子是很好的人。其中 "気が利く" 是 "机灵，心眼快" 之意。

13番

通过"一緒にドライブしない"可知男人想邀请女人周日去兜风。但是"でも、日曜日の天気予報、雨だったような。"表明女人担心会下雨，最后一句"考えておくわ"说明她还没下定决心，要再想想。因此正确答案是"まだ決めていません"。

14番

考生首先要听明白提问的关键是"女人为何不乘公汽"。根据关键句"バスはやめたほうがいいよ。この時間なかなか来ないから。"就可判断出正确答案。"なかなか"后接否定式，是某种状态很难实现的意思。

15番

这道题属于后续行为类试题。首先要抓住提问的焦点，即二人之后要做什么。通过"映画が始まるまで後一時間半もあるのよ"可知离电影开演还有一个半小时的时间。女人说"コーヒーは今飲んだばかりだし、デパートは込んでいるだろうから"可以知他们刚喝完咖啡，而商场人又很多，因此可以排除选项C和D。男人又提议"近くの公園を散歩しようか"，女人觉得有点累，于是又排除掉选项A。根据关键句"じゃ、うろうろしないで、ベンチに座って、ゆっくりしよう"可知，他们要在公园的长椅上休息。

16番

此题提问的关键是女人想要男人怎么做。通过关键句"夕べ出してあったゴミ、山本さんのじゃないのですか。""ゴミはね、月曜日と木曜日に出すことになっているんですよね"可判断出男人是搞错了扔垃圾的日子。

17番

此题提问的焦点是女人说上海的生活哪方面最好。"どこへ行くにも便利だし、何でもすぐ手に入るけど"说明上海交通方便，想要买的东西都能很快买到，这些的确都是上海的优点所在。但关键句"なんと言っても働くチャンスって言うのがたくさんあるじゃない"则表明女人认为上海最好的还是工作机会很多。其中"なんと言っても"是"无论如何，不管怎么说"之意，其后面的内容往往孕藏着正确答案。这类表示"一番"时常见的词汇还有："最も、何より、まず、～こそ、～ほど～はない、～以上～はない、～というより、むしろ、どちらかというと"等。

聴解 B 次の話を聞いて、正しい答えを A、B、C、D の中から一つ選びなさい。では、はじめます。（1 × 10 = 10 点）

18 番

提问的关键是女人想要商量什么事情。根据关键句"五月になって、息子が大学へ行かないって言って、休むことが多いのです"可知女人的儿子从五月份开始不去上大学，因此她不知该怎么办才好。「五月病とは、新人社員や大学の新入生などに見られる、新しい環境に適応出来ない事に起因する精神的な症状の総称である。」

19 番

此题提问的关键是为何要用喷头给这种植物浇水。"この植物は日陰を好みますので"只表明这种植物喜阴，不要放在屋外。而"部屋の中は乾燥しますので、土が乾いたらすぐ水をやってください"说明屋内干燥，土一干就需要浇水。这两项都没有解释为何要用喷头这种方式浇水。通过关键句"もともと湿気の多いところで育ったものなので、こうすると生き生きとしてきます"可知是因为这种植物原本生长在湿气重的地方，所以用喷头的方式浇水可以让它生长得更加茂盛。由此可见正确答案是 D。

20 番

此题是属于陈述类题当中最有难度的一类试题。因为在提问中没有任何关键信息可以提示考生听解的重点所在，所以考生必须得把整个内容都仔细地听明白，才能判断出哪一个是与原文内容相符。根据"もともとこれは子供向けに書かれたものですが"可知这本书原本是面向儿童写的，因此可以排除选项 B。"子供だけでなく、大人の皆さんにもぜひお勧めしたい作品です"可知不光是小孩，还想向大人们推荐此书，因为"厳しい現実を少し忘れ、子供に戻って、冒険の旅をお楽しみください"，是想让大人忘记严酷的现实，返璞归真，尽情享受冒险的乐趣。可见选项 A 是正确的。剩下的 C 和 D 都不准确。

二、次の文の下線をつけた単語の正しい読み方や漢字を、後の A、B、C、D から一つ選びなさい。（1 × 10 = 10 点）

21. 人間というものは、常に理想像を心の中につくりあげ、それに向かって日々の生活を営んでいる存在なのだ。
   A. じつじつ　　　B. にちにち　　　C. ひひ　　　D. ひび

   "日"的音读为"にち／じつ"，训读为"ひ／か"。"日々"是由两个"日"组成的叠词，按训读发音，并发生连浊现象，读作"ひび"。

22. これはなんとも言えない<u>皮肉</u>な結果だ。
　　A. びにく　　　　　B. ぴにく　　　　　C. ひにく　　　　　D. かわにく

> "皮"的音读为"ひ",训读为"かわ";"肉"音读为"にく"。"皮肉"按音读发音,读作"ひにく"。

23. 話をするとき、<u>間</u>を取ることは重要だ。
　　A. あいだ　　　　　B. ま　　　　　C. かん　　　　　D. すき

> "間"的音读为"かん / けん",训读为"あいだ / ま"。"間を取る"是词组,在这里的"間"应读作"ま"。

24. 科学の進歩に伴って<u>種々</u>の機械が発明された。
　　A. さまざま　　　B. いろいろ　　　C. しゅじゅ　　　D. しゅしゅ

> "種"的音读为"しゅ",训读为"たね"。"種々"是由两个"種"组成的叠词,按音读发音,并发生连浊现象,读作"しゅじゅ"。

25. 文章を書くうえで、文体の<u>整</u>っているのが望ましい。
　　A. ととの　　　　B. そろ　　　　C. そなわ　　　　D. まとま

> "整"的音读为"せい",训读为"ととの"。"整う"是一和语动词,按训读发音,读为"ととのう"。

26. さまざまな理想の中で、特に<u>チュウモク</u>していいのは、人生をどのように生きるか、という生き方の理想像であろう。
　　A. 中目　　　　B. 注目　　　　C. 注黙　　　　D. 注慕

> 选项 ACD 词汇不存在。

27. それは肌の<u>シメ</u>る、霧のような春雨のときのことだった。
　　A. 湿　　　　B. 染　　　　C. 締　　　　D. 潮

> "湿る"是"潮湿"的意思。其他选项中的"染"的训读为"そ",和语动词是"染める / 染まる";"締"的训读为"し",和语动词是"締める / 締まる";"潮"的训读为"しお",没有和语动词。

28. 人間は他の動物に見られないすばらしい能力に<u>メグ</u>まれている。
　　A. 巡　　　　B. 備　　　　C. 具　　　　D. 恵

> "恵まれる"是"赋予 / 富有"的意思。其他选项中的"巡"的训读为"めぐ",和语动词是"巡る";"備"的训读为"そな",和语动词是"備える / 備わる";"具"的训读为"そな",和语动词是"具える / 具わる"。

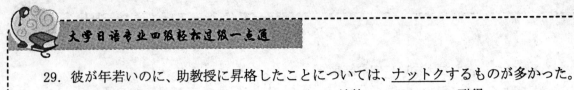

29. 彼が年若いのに、助教授に昇格したことについては、<u>ナットク</u>するものが多かった。

    A. 納解   B. 納得   C. 納徳   D. 耐得

选项 ACD 词汇不存在。

30. 彼は返事をしないで、なにか考えごとに<u>ムチュウ</u>になっているようです。

    A. 無注   B. 無中   C. 夢中   D. 夢注

选项 ABD 的词汇不存在。

三、次の文の____に入れるのに最も適当な言葉を後の A、B、C、D から一つ選びなさい。（1 × 15 = 15 点）

31. 子供の教育で一番大切なことは、善悪を判断する力を_____ことだ。

    A. 求める   B. 養う   C. 学ぶ   D. 尽くす

四个选项均是动词，其中经常与"力"搭配使用的有"養う"和"尽くす"。"力を養う"是"培养能力"的意思，而"力を尽くす"是"尽力"的意思。原句的意思是"在教育孩子方面最重要的是培养孩子判断是非的能力。"

32. テストの時間が短くて、もう一度見直す_____がなかった。

    A. のこり   B. あまり   C. まとまり   D. よゆう

四个选项均是名词，其中"のこり"是"剩余"的意思，"あまり"也是"剩余"之意，而"まとまり"是"连贯"的意思，它们都不能单独代表时间使用。"よゆう"在这里是"富余时间"的意思。原句的意思是"因考试时间很短，所以没有再检查一遍的时间了"。

33. _____な顔をしてうそをつく彼には、みなあきれている。

    A. 陽気   B. 平気   C. 素直   D. 利口

四个选项均是形容动词，其中"陽気"是"开朗，爽朗"的意思，"平気"是"满不在乎"的意思。"素直"是"坦率，直率"之意，而"利口"是"聪明"的意思，放在原句中都不合适。原句的意思是"大家都对瞪着眼睛撒谎的他感到无可奈何"。

34. お客様調査の結果を参考に、_____を練って新製品を開発する。

    A. テーマ   B. タイトル   C. アイデア   D. アンケート

四个选项均是外来语，其中"テーマ"是"主题"的意思，"タイトル"是"题目"的意思，"アイデア"是"主意，想法"的意思，"アンケート"是"调查"的意思。"アイデアを練る"是"构思"的意思。原句的意思是"参考顾客调查的结果，构思开发新产品"。

35. 友だちとおしゃべりをしていたら、母と出かける約束を＿＿＿＿＿＿忘れてしまいしかられました。

A. すっかり　　　　B. さっぱり　　　　C. なにしろ　　　　D. いよいよ

> 四个选项均是副词，"すっかり"是"完全，全部"的意思，"すっかり忘れる"是"忘得精光"的意思。"さっぱり"也是"完全，全部"的意思，但修饰"忘れる"时一般要以"きれいさっぱり"的形式。"なにしろ"是"总之，反正"的意思，"いよいよ"是"越发，愈益；终于"的意思。原句的意思是"和朋友聊天，把跟妈妈出门的事情忘得精光，遭到了妈妈的训斥。"

36. 会社の経営者と＿＿＿＿＿＿して、1年に7日間、有給休暇が取れるようにした。

A. 要求　　　　B. 応対　　　　C. 抗議　　　　D. 交渉

> 四个选项均是汉语动词，其中"要求する"是"要求"的意思，"応対する"是"接待，应酬"的意思，"抗議する"是"抗议"的意思。"交渉する"是"谈判，交涉"的意思。原句意思是"经过与公司经营者的谈判，每年争取到了七天的带薪休假"。

37. 若い女性が一人で外国へ行くなんて＿＿＿＿＿＿、と考えている父親が多い。

A. とんでもない　　B. 思いがけない　　C. やむを得ない　　D. 切りがない

> "とんでもない"是形容词，意思是"岂有此理，荒唐"。"思いがけない"也是形容词，是"意想不到"的意思，"やむを得ない"和"切りがない"是词组，分别是"不得已，无可奈何"和"没完没了"的意思。原句意思是"有很多父亲都认为让年轻的女孩子一个人去国外是一件荒唐的事"。

38. 今月の売り上げ＿＿＿＿＿＿に達成されました。来月もこの調子で頑張ってください。

A. 目的　　　　B. 目標　　　　C. 課題　　　　D. 対象

> 四个选项均是名词，其中"目的"是"目的"的意思，"目標"是"目标，指标"的意思。"課題"是"课题"的意思，"対象"是"对象"的意思。选项A、C、D都不能与"売り上げ"搭配使用。原句意思是"这个月已经达到了销售指标，下个月请继续努力"。

39. 社長が気が＿＿＿＿＿＿ので、社員は怒られないように早め早めに仕事を片付けている。

A. 小さい　　　　B. 太い　　　　C. 短い　　　　D. 優しい

> 四个选项均是形容词，"短い"是"短"的意思，"気が短い"是"性急，好动肝火"的意思。除了"短い"之外，"小さい"也可以与"気"搭配使用，意思是"小气，气量狭小"。原句的意思是"因为总经理性急，所以职员们为了不被训斥，都尽早地把工作做完。"

40. 風に乗って遠くから祭りの太鼓が_____くる。

    A. 聞けて   B. 聞いて   C. 聞かれて   D. 聞こえて

> 四个选项均是动词,其中"聞く"是他动词,是"听"的意思,"聞ける"是"聞く"的可能形,表示有能力、有条件听到,是"能听到,可以听到"的意思。"聞かれる"是"聞く"的被动形,是"被听到,被问到"的意思。"聞こえる"是自动词,表示声音自然地转到耳朵里的,是"听得见,能听见"的意思。原句意思是"节日的鼓声乘风从远处传入耳中"。

41. 彼女がつめを嚙むのは、子供のころからの_____だ。

    A. 性格   B. 好み   C. 癖   D. 素質

> 四个选项均是名词,其中"性格"是"性格"的意思,"好み"是"爱好,喜好"的意思,"癖"是"癖性,毛病"的意思。"素質"是"素质"的意思。原句意思是"她从小就有咬指甲的毛病"。

42. _____歩かないで、さっさと歩きなさい。

    A. いそいそ   B. いらいら   C. せかせか   D. のろのろ

> 四个选项均是拟态词,其中"いそいそ"是"兴冲冲地"之意,"いらいら"是"焦躁,急躁"的意思,"せかせか"是"慌慌张张,急急忙忙"的意思。"のろのろ"是"慢吞吞,迟缓"的意思。原句意思是"别慢吞吞地,快点儿走!"。

43. 台風に_____、食べ物や懐中電灯などを用意しておきました。

    A. したがって   B. 連れて   C. 備えて   D. 対して

> 四个选项均是固定搭配,其中"～にしたがって"是"遵从,按照……"的意思,"～に連れて"是"随着……"的意思,"…に備えて"是"防备"的意思。"～に対して"是"对于……"的意思,A、B、D选项放在原句中都不合适。原句意思是"为了防备台风,准备了食物和手电筒等物品"。

44. そんなに遊んでばかりいると_____後悔することになりますよ。

    A. いまに   B. いまにも   C. いまさら   D. いまだに

> 四个选项均是副词,"いまに"是"不久,早晚"的意思。"いまにも"是"眼看"的意思,经常与表示样态的"～そうだ"相呼应,"いまさら"是"现在才……;现在重新……"的意思,"いまだに"是"还,仍然……"的意思。原句意思是"如果你每天光玩儿的话,总有一天会后悔的"。

45. どこかに財布を落として、_____探したけれどとうとう見つからなかった。

   A. しみじみ　　　　B. ほうぼう　　　　C. そろそろ　　　　D. つくづく

   > 四个选项均是叠词形式的副词，其中"ほうぼう"是"各处，到处"的意思。"しみじみ"和"つくづく"是"痛切，深切"的意思，"そろそろ"是"就要，快要；慢慢地"的意思。原句意思是"不知道把钱包丢到了什么地方，到处找了个遍，还是没找到"。

四、次の文の____に入れるのに最も適当なものを、後の A、B、C、D から一つ選びなさい。
   （1 × 15 ＝ 15 点）

46. この二つの漢字は何_____読みますか。

   A. を　　　　B. で　　　　C. と　　　　D. か

   > "と"是格助词，后续"読む / 言う / 書く / 思う"等词，表示其内容。此句的意思是"这两个汉字读作什么？"。

47. 午前10時に学生たちはみんな玄関の前_____集まって、10時10分にでかけました。

   A. で　　　　B. に　　　　C. を　　　　D. から

   > "に"是格助词，在此句中表示集合的地点。此句的意思是"上午 10 点学生们都到门口集合，10 点 10 分出发了"。

48. 新聞に出ている_____の漢字なら、みんな知っています。

   A. など　　　　B. まで　　　　C. でも　　　　D. ぐらい

   > "ぐらい"是副助词，接在体言或用言终止形后面，用于列举微不足道的事物。此句的意思是"像登在报纸上的那点儿汉字，大家都认识"。

49. あまり家の中にばかりいないで、たまには公園_____へ散歩に行ったほうがいいですよ。

   A. など　　　　B. だけ　　　　C. やら　　　　D. まで

   > "など"是副助词，接在体言或用言终止形后面，用于列举同类事物。此句的意思是"不要总在家里，偶尔应该到公园等地方散散步"。

50. いま私が言ったことは、誰_____話さないと約束してくれますか。

   A. も　　　　B. に　　　　C. でも　　　　D. にも

   > "にも"是由格助词"に"和提示助词"も"组成的，"に"在这里表示对象，"も"与后面的"～ない"相呼应，表示全面否定。此句的意思是"你能不能保证不把我刚才说的话告诉任何人？"。

51. 船長の不注意＿＿＿＿＿船が衝突して大事故になった。

   A. に　　　　　B. で　　　　　　　C. を　　　　　　　D. と

   > "で"是格助词,表示原因。此句的意思是"因为船长的疏忽,使得船发生碰撞,导致了一场重大事故"。

52. 彼女はやせようとして、毎日サラダ＿＿＿＿＿で過ごしている。

   A. ほど　　　　B. まで　　　　　　C. しか　　　　　　D. だけ

   > "だけ"是副助词,接在体言或用言终止形后面,表示限定。此句的意思是"她为了减肥,每天只靠吃点沙拉生活"。

53. 王さんは日本に五年＿＿＿＿＿留学していたので、日本語が上手なわけですよ。

   A. も　　　　　B. に　　　　　　　C. だけ　　　　　　D. しか

   > "も"是提示助词,接在体言后面,表示强调数量之多。此句的意思是"小王因为在日本留学了五年之久,所以日语很好"。

54. 自分＿＿＿＿＿よければ、ほかの人はどうでもいい。

   A. さえ　　　　B. こそ　　　　　　C. まで　　　　　　D. ほど

   > "さえ"是副助词,接在体言或用言连用形后面,与假定形相呼应,构成惯用句型"～さえ～ば",表示只要具备某一条件,其他事项就可以成立,是"只要……就"的意思。此句的意思是"只要自己好,别人怎么样都无所谓"。

55. 雨が上がる＿＿＿＿＿、ますます降りが強くなってきた。

   A. のに　　　　B. ので　　　　　　C. ところが　　　　D. どころか

   > "どころか"是接续助词,接在体言或用言终止形后面,在这里用于否定前项,从而肯定后项,意思是"哪里是……,非但……"。此句的意思是"雨非但没有停,反而越下越大"。

56. 天気は、人間の生活と切っても＿＿＿＿＿関係がある。

   A. 切らない　　B. 切れない　　　　C. 切られない　　　D. 切らぬ

   > "切っても切れない"是惯用句,意思是"斩也斩不断",第二个"切る"要用可能形。此句的意思是"天气与人类生活之间有着割不断的关系"。

57. _____考えるほど、解決方法がわからなくなることがある。

    A. 考えると   B. 考えたら   C. 考えれば   D. 考えるなら

> "～ば～ほど"是固定句型，"～ば"的前面接用言的假定形，"～ほど"的前面接用言的连体形，意思是"越……越……"。此句的意思是"有一些事情是越考虑越找不到解决的办法"。

58. その話を聞いた人々は、みんな泣かずには_____。

    A. いられなかった   B. えなかった

    C. しかたなかった   D. ほかならなかった

> "～ずにはいられない"是固定句型，表示无法控制某种情绪的意思，也可以说成"～ないではいられない"。此句的意思是"听了那番话的人，都情不自禁地哭了"。

59. ただいま司会者の_____ことに賛成いたします。

    A. 申した   B. 申し上げた

    C. おっしゃった   D. 申された

> 这是一道关于敬语动词的题。对于说话人来说，"司会者"是他人，所以对"司会者"发出的动作，应该用尊敬语。"申す"、"申し上げる"都是"言う"的自谦语，只有"おっしゃる"才是"言う"的尊敬语。此句的意思是"我赞成主持人刚才说的话"。

60. ファックスの使い方がまだ分からないので、一度やって_____。

    A. みませんか   B. みせてくれませんか

    C. みせてもらいませんか   D. みてもらいませんか

> 这是一道关于授受动词的题。"～てくれませんか"是固定句型，在说话人请求别人为自己做某事时使用。"～て"的前面接动词的连用形，并且此动作是对方要完成的动作。从前句内容来看，对方应发出的动作是"みせる"，而不应该是"みる"。此句的意思是"我还不明白传真机的用法，你能否为我演示一下？"。

五、次の文章の [ ] に入る最も適当な言葉を、後のA、B、C、Dから一つ選びなさい。（1 × 10 ＝ 10 点）

ゴールした [61] 崩れ落ちるのではないかと思った。それほど苦しそうだった高橋尚子さんがゴール後、平然とした表情で、笑顔さえのぞかせたのには [62]。きのうの東京女子マラソンで敗れた [63]、並みのランナーではないと思わせもした。

「足が棒になってしまいました」とは高橋さんの言葉だ。私たちも疲れ果てた時に「足が棒になる」という。足がいうことを聞いてくれない。[64]引きずるように歩かねばならない時もある。高橋さんの場合は、30キロ手前あたりで急に「棒になった」らしい。それでも走り[65]。

五輪女子マラソンで連続メダリスト[注]になって有森裕子さんが「人間の能力の不思議」について語っている。走っていて、もう限界だと思う。[66]走り続けると「限界は、どんどん伸びていく」。経験上の限界を突き破って伸びていく、と（『わたし革命』岩波書店）。

逆の場合もあるだろう。練習も十分積んだし、体調もいい。経験上は何の問題もないはずだ。[67]、突然どこかに変調を来たす。これも[68]「人間の能力の不思議」だろう。スポーツ選手たちはいつも、どちらに転ぶかわからない境界線上を走っている。

引退を決めた横綱武蔵丸の体重は高橋さんの約5倍だ。狭い土俵で一瞬の勝負を競う相撲では、重さは強力な武器である。[69]バランスを崩すと重さは大きな負担になる。武蔵丸も「棒立ち」になって力を出せない場面が増えていた。

限界を感じた武蔵丸は去るが、高橋さんは、[70]限界への挑戦を続けることだろう。

〔注〕メダリスト／競技の上位入賞者で、金・銀・銅などのメダルをもらった人。

61. A. 時なのに　　　B. とたんに　　　　C. ばかりに　　　　D. 寸前に

> "～たとたん（に）"是表示两件事情同时发生的句型。相当于汉语的"一……就……"。

62. A. 驚いた　　　　B. 面白かった　　　　C. どうかと思った　　D. 怪しかった

> "驚く"是表示人的心理变化的动词，前面接格助词"に"表示引起这一心理变化的原因。

63. A. といっては　　B. といって　　　　C. というが　　　　D. とはいえ

> 根据前后句的内容可以判断出两者是逆接关系。在四个选项中，只有"とはいえ"是表示逆接关系。

64. A. それでは　　B. それとも　　　　C. それでも　　　　D. それには

> 根据前后句的内容可以判断出两者是逆接关系。在四个选项中，只有"それでも"是表示逆接关系。另外，下面句中的"それでも走り～"也是一个解答线索。

65. A. 止めた　　　　B. 始めた　　　　　C. 終わった　　　　D. 続けた

> 此处要选能与"走る"组成复合动词的词。"始める"、"終わる"、"続ける"都能与"走る"组成复合动词,但从意思来看,应该选"続ける"。"走り続ける"是"继续跑"的意思。

66. A. そして　　　　B. それで　　　　　C. しかし　　　　　D. しかも

> 根据前后句的内容可以判断出两者是逆接关系。在四个选项中,只有"しかし"是表示逆接关系。

67. A. ところへ　　　B. ところに　　　　C. ところで　　　　D. ところが

> 根据前后句的内容可以判断出两者是逆接关系。在四个选项中,只有"ところが"是表示逆接关系。

68. A. まだ　　　　　B. また　　　　　　C. なお　　　　　　D. ただ

> 「人間の能力の不思議」在上文中已经出现过一次,在这里是第二次出现,所以应该选"また"一词。

69. A. しかし　　　　B. ところで　　　　C. しかも　　　　　D. だから

> 根据前后句的内容可以判断出两者是逆接关系。在四个选项中,只有"しかし"是表示逆接关系。

70. A. しかも　　　　B. これで　　　　　C. なお　　　　　　D. でも

> "なお"为"仍然,依然"之意。在这里修饰"挑戦を続ける"一词。

六、読解問題

問題一、次の各文章を読んで、後の質問に答えなさい。答えはそれぞれ A、B、C、D の中から最も適当なものを一つ選んで、解答用紙のその番号に印を付けなさい。（1 × 5 ＝ 5 点）

【文章 1】

　あすは、わが子の入学試験の発表があるという、その前の晩は、親としての一生の中でも、一番落ち着かなくてつらい晩の一つに違いない。

　もう何十年もまえ、ぼくが中学の入学試験を受けたとき、発表の朝、父がこんなことを言った。

　「お前、今日落ちていたら、欲しがっていた写真機を買ってやろう。」

ふと思いついたといった調子だったが、それでいて何となくぎこちなかった^[注]。①変なことを言うな、と思った。お父さんは、ぼくが落ちたらいいと思ってるのだろうか、といった気がした。

　　②その時の父の気持ちが、しみじみ分かったのは、それから何十年も経って、今度は自分の子が入学試験を受けるようになったときである。

　　〔注〕ぎこちない／動作などがなめらかでなく、不自然である。

71. ①<u>変なこと</u>とはなにか。

　　A. 落ちていたら、写真機を買ってくれるということ

　　B. まだ子供なのに写真機を買ってくれるということ

　　C. 家が貧しいのに写真機を買ってくれるということ

　　D. 欲しくないのに写真機を買ってくれるということ

　　> "変なことを"后面接的是动词"言う",说明它指的是上文中父亲说话的内容。

72. ②<u>その時の父の気持ち</u>とは、どんな気持ちなのか。

　　A. 落ちていたほうが息子のためにいいと思う気持ち

　　B. 落ちていたら息子を怒ってやろうという気持ち

　　C. 合格していたら息子と祝いたいという気持ち

　　D. 落ちていたら息子を慰めたいという気持ち

　　> 因为父亲当时的心情,在十几年后当作者的儿子也要参加入学考试的时候,作者才深深地领悟到,所以应该与当时作者对父亲的看法是不同的。

【文章2】

　　ぼくが入院した病院は、完全看護制。たとえ親といえども、面会時間は3時から7時と決められていた。それは、①<u>手術の日といっても例外ではなく</u>、7時になると、「②<u>あとは私どもで面倒を見ますから、どうぞお引き取りください</u>」と両親ともに帰されてしまった。

　　手術当日は、ぼくも意識が朦朧としていたため何も感じなかったが、1日、2日と経つにつれて、淋しさが増してくる。7時近くになり、「もう、帰るからね」の言葉に、「あと、1分いて」などと、わがままを言って困らせた。母は、その時の様子を、③<u>後ろ髪を引かれる思い</u>だったと振り返る。

73. ①<u>手術の日といっても例外なく</u>と意味の近いのはどれか。

A. 手術の日にとても例外が多くて　　　B. 手術に日でもいつもと同じで

C. 手術の日しか例外が許されなくて　　D. 手術の日だけ特別で

> "といっても"表示逆接，是"虽说……但是……"的意思。"例外ではなく"是"不例外"的意思。这句话的意思是"虽说是手术当天但是也不例外"，与选项B的意思相近。

74. ②<u>あとは私どもで面倒を見ますから、どうぞお引き取りください</u>とは、誰が誰に言った言葉なのか。

A. 母が病院の人に言った言葉　　　　　B. 父と母が筆者に言った言葉

C. 病院の人が筆者の親に言った言葉　　D. 病院の人が筆者に言った言葉

> 这里的"私ども"指的是医院的人，"どうぞお引き取りください"是医院的人请作者的父母回去，所以这句话是医院的人对作者的父母说的话。

75. ③<u>後ろ髪を引かれる思いだった</u>とあるが、ここではどんな思いだったのか。

A. 淋しがる子供を病院に残して帰るので、病院からしかられるのではないかと思った。

B. 病院に規則があるのに、わがままを言う子供に腹が立って、頭が痛かった。

C. 「あと、1分いて」と、子どもに髪の毛を引っ張られたので、痛かった。

D. 淋しがる子供を病院に残して帰るのは、とてもかわいそうでつらかった。

> "後ろ髪を引かれる思い"是惯用句，意思是"难舍难离的心情"，与D的意思相近。

問題二、次の文章を読んで、後の質問に答えなさい。答えはそれぞれ A、B、C、D の中から最も適当なものを一つ選んで、解答用紙のその番号に印を付けなさい。（1×10＝10点）

　私が親元を離れ、一人暮らしを始めたのは２７歳の時だった。２７と言えば決して早い独立の年齢ではない。それまでずっと親元にいたのは私の親が、ことに父親が女は結婚こそ一番幸せ、と思っていたためで、一人暮らしをしつつ仕事で身を立てることなどもってのほか[注1]、と考えていたからだ。それを①<u>変えざるをえなかった</u>のは、②<u>前の年の暮れ</u>、私が独断で式の日取りまできまっていた結婚を、ただ嫌になったという理由

だけで断り、親戚③中を巻き込んで大騒ぎをした挙句、親子の間が妙にこじれ[注2]始めたからであった。無理にでも結婚させる、という父と、いやだ、と言い張る私の対立は家の中を暗くするばかりだった。

これ以上この家にはいられない。そう思ったのは私ばかりでない④らしく、独立の話を切り出すと、⑤父はしぶい顔でうなずいた。この先結婚もせず一人で生きていくのなら、しっかりした仕事をもたねばいけない。そのためには親に頼らず一人でやっていくのは一番だ、と母が言い切ってくれたのだった。

引越しの朝、⑥その母が娘が不びんだ[注3]と泣いているのを庭にいて立ち聞いた。無理もないのだ。その頃私はイラストを描く仕事をしていてろくな収入を得ることもできなかったのである。友人と飲むお茶代すら出せないような状態だったのだ。飢えたりはしなかったが贅沢はけっしてできない生活だった。スーパーの菓子売り場で甘納豆の袋を見つめ、⑦来月こそ、と思ったこともあったのだ。

⑧そんな耐乏[注4]生活を続けていたある日、私はプラスチックのこめびつ[注5]の中にセロテープでしっかり止めてある紙を見つけた。それは母が用意してくれたこめびつで、引越す際その中に米をいっぱいにして渡してくれたものだ。食べ進んで残り少なくなった時現れたそれは、母の字で、お米を買うお金がなくなったらこれで買いなさい。健康に気をつけるように、と書かれた手紙と小さくたたまれた五千円札だった。⑨涙がこみあげ[注6]てきて私は泣いた。ずっとずっと泣いていた。

あれから六年、ずっと独身を通すだろう、と思っていたのにどういうわけか今は結婚している。おかしなもので、夫は母の手紙と五千円の話を聞き、私とつきあうことを決めた、という。

父がその手紙の事を知り、「⑩お母さんは出しぬいてずるい。」といったというのもよかったのだ、と。

ある時、母が夫に、あの時千円でもなく、一万円でもなく、五千円にした私の気持を娘はわかるだろうか、といっているのを聞いた。残念ながら私にはよくわからないがひょっとしてそれは、娘には一生わからない母の気持ではないか、とまだ子供のいない私は思っている。

〔注1〕もってのほか／とんでもない（こと）。

〔注2〕こじれ（る）／事態が悪くなる。

〔注3〕不びんだ／かわいそうだ。

〔注4〕耐乏／物質が少なくて暮らしにくいのを我慢すること。

〔注5〕こめびつ／米を入れて保存する箱。

〔注6〕こみ上げ（る）／いっぱいになって、押さえてもあふれ出そうになる。

76. ①変えざるをえなかったの正しい意味はどれか。

    A. あえなくはなかった。   B. 変えなければならなかった。

    C. 変えなくもなかった。   D. 変えないではいられなかった。

> "〜ざるを得ない"是"不得不……"的意思，与"〜なければならない"
> 的意思相近。

77. ②前の年の暮れとは何時なのか。

    A. ２５歳である年の暮れ   B. ２６歳である年の暮れ

    C. ２７歳である年の暮れ   D. ３２歳である年の暮れ

> 作者是 27 岁开始独立生活的，独立生活的前一年应该是 26 岁。

78. ③中の意味用法と同じものはどれか。

    A. 出席者六人中、二人は女の人でした。

    B. ただいま食事中ですから、しばらくお待ち下さい。

    C. 昨日は風邪を引いて一日中寝ていました。

    D. 休暇中はアルバイトをするつもりです。

> "〜中"是后缀，有"在……中"和"整个……，所有……"的意思。"親戚
> 中"的"〜中"是"整个……，所有……"的意思，与"一日中"的"〜中"
> 是同样的意思。

79. ④らしく（らしい）と同じ意味用法のものはどれか。

    A. お金を盗んだのは、君らしいね。

    B. 今日は本当に春らしい、暖かな一日だった。

    C. このごろの人工の皮はかなり皮らしくなってきた。

    D. このごろの日本は、子供が子供らしく遊べるところが少ない。

> "〜らしい"有两个用法。一个是作为后缀，是"像……样子，有……风度"
> 的意思。另一个是作为助动词，表示推测，是"好像……，似乎……"的意思。
> 本文中的"らしい"是第二个用法。

80. ⑤父はしぶい顔でうなずいた時の父の気持ちはどれか。

    A. 娘を独立させたくないが、やむを得ないと思っている。

B. 娘と喧嘩をしなくてもよくなるので、ほっとしている。

C. 娘が家を出て独立することに賛成し、心から喜んでいる。

D. 娘の独立に反対する立場が悪くされたので、怒っている。

> 从文章开篇部分可以看出，作者的父亲反对女儿独立生活，但是在母亲的劝说下，不得不同意。

81. ⑥<u>その母</u>とは次のどれか。

A. 娘に仕事を持ってほしいという母

B. 娘に一人で暮らしてほしいという母

C. 娘に早く結婚してほしいという母

D. 娘に早く独立してほしいという母

> 上文中提到"そのためには親に頼らず一人でやっていくのは一番だ"，可以判断母亲希望女儿能尽早不依靠父母而自立。作者当时已有画插图的工作，所以 A 是错误的。B 的单身生活，并不等于不依靠父母，所以 B 也是错误的。母亲认为如果女儿不想结婚而是一个人生活的话，就必须有一份好工作，所以 C 也是错误的。

82. ⑦<u>来月こそ、と思ったこともあったのだ</u>とは、作者（私）のどんな気持ちを表しているのか。

A. 今月は金がないが、来月は大好物の甘納豆を何とかして買って食べるという気持ち。

B. 今月は金がないから甘納豆ばかり食べているが、来月は食べなくていいという気持ち。

C. 今月は金がないので大好物の甘納豆をちょっとしか買えなかったが、来月は思う存分たくさん買うという気持ち。

D. 今月は金がないから甘納豆ばかり食べているが、来月は甘納豆のみでなく、ほかの料理も食べると決心する気持ち。

> "甘納豆の袋を見つめ、来月こそ、と思った"的意思是"注视着甜纳豆的袋子，心里想下个月一定（挣钱）来买"。

83. ⑧<u>そんな耐乏生活</u>とはどんな生活なのか。

A. 収入がなくて、食うや食わずの生活

B. 金がなくて、お茶もろくに飲めない生活

C. 食べていける以外、金がなく、不自由な生活

D. 食べていける以外、大好物も毎月少し買える程度の生活

> 上文中提到的 "飢えたりはしなかったが贅沢はけっしてできない生活" 的意思是 "虽然没挨饿，但是不敢有半点奢侈的生活"。

84. ⑨<u>涙がこみあげてきて私は泣いた</u>とあるが、なぜ泣いたのか。

   A. 母の心遣いは嬉しかったが、五千円では少なすぎるので悲しくなったから。

   B. 厳しいことを言っていた母の思いがけない心遣いに接し、胸が一杯になったから。

   C. これでお米が買えると安心したら、それまでの耐乏生活の緊張感がゆるみ、思わず涙が出た。

   D. 五千円ではたいした物は買えないのに、そんな事もわからない母の無知を悲しく思ったから。

   > 母亲在作者第一次离开家的时候，曾说过希望女儿不要依靠父母，但是心里还是担心女儿的生活，并且悄悄地在米箱里放了五千日元，这种做法感动了作者。

85. ⑩<u>お母さんは出しぬいてずるい</u>と言った父の気持ちはどうか。

   A. 自分の知らないうちにお金を娘にやるのはよくない、と怒っている。

   B. 厳しい事を言いながら、かげで娘を甘やかしている母に、手を焼いている。

   C. 自分も娘を思う気持ちは同じように持っているので、ずるいと言いながらも母の行為を認めている。

   D. 自分も本当は何か娘にやりたかったが、我慢したのだから、母にも我慢させるべきだったと反省している。

   > "お母さんは出しぬいてずるい" 这句话是父亲说的，意思是 "母亲瞒着父亲把钱放在了米箱里，太狡猾了"。作者事后听了这件事时，也很感动，说明父亲没有因母亲的行为而发火。

第二部分

七、次の文を完成しなさい（解答は解答用紙に書きなさい）。（1×10＝10点）

86. 決めた以上_____。

   > 「～以上（は）」是惯用句型。「以上」接在用言连体形后面，表示理由，后续表示说话人的判断、决心、劝告等句子。相当于汉语的 "既然……就……"。

87. 酒を飲んで運転すると＿＿＿＿＿＿＿＿＿＿＿＿＿＿＿＿＿＿。

> 「と」是接续助词，接在用言终止形后面，表示条件，后续必然结果。相当于汉语的"如果……就……"。

88. どんなに欲しくても＿＿＿＿＿＿＿＿＿＿＿＿＿＿＿＿。

> 「どんなに」是疑问词，与接续助词「ても」相呼应，表示逆接假定条件。相当于汉语的"无论……也……"。

89. 多くの科学者がなぞをなんとか解明できないものかと＿＿＿＿＿＿＿＿＿＿＿。

> "なんとか～ないものか"是惯用句型，表示强烈愿望。相当于汉语的"无论如何也要……"。

90. 外国に出たからこそ＿＿＿＿＿＿＿＿＿＿＿＿＿＿＿＿。

> 「～からこそ」是惯用句型，用于强调原因。相当于汉语的"正是因为……才……"。

91. 推薦状はできるだけ有名な先生に＿＿＿＿＿＿＿＿＿＿。

> 「有名な先生に」要求后续授受动词，另外还要注意敬语动词的使用。

92. 姉は料理が得意なので＿＿＿＿＿＿＿＿＿＿＿＿。

> 「ので」是接续助词，接在用言连体形或名词后面，表示客观原因，后续自然结果。相当于汉语的"因为……所以……"。

93. その人のことを考えて注意したのに＿＿＿＿＿＿＿＿。

> 「のに」是接续助词，接在用言连体形或名词的后面，表示逆接关系。相当于汉语的"尽管……但是……"。

94. 友達とおしゃべりをしているうちに＿＿＿＿＿＿＿＿＿＿＿＿。

> "～うちに"是惯用句型，「うちに」接在持续性动词的后面，表示时间范围，后续出乎意料的结果。相当于汉语的"在……期间，不知不觉地……"。

95. 要は偏食をせずに＿＿＿＿＿＿＿＿＿＿＿＿＿。

> "～ずに"是"～ないで"的书面形式，接在动词未然形后面，表示在不做前项动作的情况下，完成后项动作。

八．次の要領で解答用紙に作文をしなさい。（15点）

　　題　　目：携帯電話

　　注意事項：１．文体：常体（簡体）；

　　　　　　　２．字数：350 ～ 400；

　　　　　　　３．文体が間違った場合、字数オーバーまたは不足の場合は減点になる。

大学日本語専攻生四級能力試験問題（2007）

（試験時間：160 分）

注意：解答はすべて解答用紙に書きなさい。

第一部分

一、聴解（1 × 20 ＝ 20 点）

聴解 A　次の会話を聞いて、正しい答えを A、B、C、D の中から一つ選びなさい。では、はじめます。（1 × 10 ＝ 10 点）

1番

此题只须抓住关键句就可选出正确答案。男的说"何回も行ってます"，所以选择 B。"何回"本身是个疑问词，但后面接"も"或句子里有"～ても"这类表达的时候，则表示"若干次"的意思。

2番

此题是数字类试题，要求考生在听懂原文的基础上进行简单计算。两张大桌子每张坐十五人，那就是三十人。男的又建议多准备五本，女人说"ぴったりじゃなんだからね"，对此表示同意，因此前后相加，即三十五本。

3番

提问的关键是男人说买的手机哪一点最好。四个选项"デザインがいい""画面が見やすい""ＭＰ３機能がついている"在会话中都有提到，是干扰信息。考生只须抓住关键句"なんと言っても、値段が気に入ったよ"即可找到答案。"なんと言っても"是"不管怎么说"之意，后面跟的往往是说话人最想强调的观点，也就是正确答案。

4番

解答此类题一定要理清人物关系，边听边记下出现的人物姓名。先是"山本先輩"，可紧接着又出现了"小泉に頼まれて"，这句话比较有迷惑性，会让考生误以为是受小泉委托帮小泉搬家。可下面说的"小泉？他刚才去和女朋友约会了啊！"由此可知，是小泉拉着佐佐木去帮山本搬家，小泉半道却跑去和女朋友约会。

5番

此题的关键是女的为什么事来找男的商量。听完前两句即可排除选项 C。解题关键在于男的说的 "迷惑メールだよなあ"。由此可选出 D。

6番

解决此题的关键是要判断好说话人的语气。有时即便没太听懂会话内容，但凭着说话人的语气也可推断出正确答案。男的说老师邀请他去参加家庭宴会，也邀请 "王さん" 去。接下来 "王さん" 说没衣服啦又紧张啦之类的不想去，让他一个人去。最后一句话成为解题关键 "那下次我的老师邀请我的时候，你也要陪我去啊"，由此可知，最后男人劝说成功，两人一起去。

7番

此题解题关键是排除干扰信息。不要把两个人的观点弄混了。第一句话 "なんと言っても料理がよかったわよね" 和最后一句话 "やっぱりその後で食べた料理がおいしかったな" 表明，女的自始至终都认为 "料理" 是最好的。认为温泉最好是男人的观点。

8番

此题干扰信息非常多，只能边听边记录，再一个个排除。"どちらかと言うと、スポーツのほうが得意ですね" 是解题关键。"でも水泳よりスキーがいいですね" 由此确定答案为 A。

9番

这是一道地点类试题。解题关键是 "店の前で" 和 "駅前の山田商店"。由此可知女人倒下的地点是 "駅前の山田商店の前"。选项 D 范围太大，不如 C 准确。

10番

此题提问关键是两人乘坐的是什么交通工具。通过关键句 "近道あるんですよ、そこにさえ出れば"，即可排除后三个选项。因为后三种交通工具是不能抄近道的。

11番

此题为辨别人物关系类试题。关键句是 "自分の妻が分からないなんて"，由此可知男的是女的的丈夫。

12番

此类试题需要考生身临其境站在对方立场上考虑问题。面试官进一步追问前辈的名字，面试者竟然回答不上来，按照世间一般逻辑分析，大都会断定面试者在这个问题上撒了谎。

13番

此类关于正确饮药方法的试题经常在各类日语听力考试中出现。解题技巧是一定要做好记录。如"青、あと、2ずつ；黄、4おきに、1ずつ"，然后在听选项的时候对照记录用排除法筛选出正确答案。

14番

此题提问的关键是田中昨天怎么了。倒数第二句"家まで送っていたんですよ"是解题关键句，男的把田中"送到家"。考生还要明白选项D中的"送ってもらいました"是授受关系的句式，主语是田中，意为田中请男人送他回家。

15番

此类找东西的试题也很常见。此题解题关键句是倒数第二句的"左側のですよ。三段目の真ん中あたりに。そう、日中字典の隣あたりに"。注意不要被选项D迷惑了。

16番

解题关键句是"行きたいんだけど、今のところまだ分からなくて。"由此可知，佐藤是想去的，只是现在还定不下来。

17番

此题提问关键是男的要买什么。关键句"トマトもいいわ"，根据上下文意为西红柿就不用买了。据此即可排除后三个选项。

聴解B　次の話を聞いて、正しい答えをA、B、C、Dの中からひとつ選びなさい。では、はじめます。（1 × 10 ＝ 10 点）

18番

此题提问关键是男的要买什么样的字典。解题关键句为"特に今の若い人の日本語は外来語も多く"，男的主要是因为这个原因才想买新字典的。

19番

> 此题是时间类推算题。现在时间是"11月4日午後5時",登陆关西地区的时间是"明朝五時ごろ",即11月5日早上5点。

20番

> 此题提问关键是老年人最好怎样进食。解题关键句是"いろいろな種類の食品を組み合わせて召し上げるようにしてください",以取得营养均衡。

二、下の文の下線をつけた単語の正しい読み方や漢字を、後のA、B、C、Dの中から一つ選びなさい。（1 × 10 ＝ 10点）

21. そんな華麗で荘厳な情景を見たら、みな思わず<u>掌</u>を合わせたくなったに違いない。
    A. しょう　　　B. たのひら　　　C. てのこう　　　D. てのひら

    > "掌"音读为"しょう",训读为"てのひら"。

22. 少女は流れた涙をすこしも<u>拭</u>おうとしないで微笑んだ。
    A. しき　　　B. ぬぐ　　　C. はら　　　D. ふく

    > "拭"音读为"しょく",训读为"ぬぐ／ふ",和语动词有"拭う（ぬぐう）、拭く（ふく）"。

23. 私の心中には、さまざまな社会で生きる、さまざまな人間模様を見つめていきたい、という<u>欲求</u>が強く働いていた。
    A. ほくきゅう　　　B. よくきゅう　　　C. よっきゅう　　　D. ほっきゅう

    > "欲"音读为"よく",训读为"ほ";"求"音读为"きゅう",训读为"もと",和语动词有"求める（もとめる）"。

24. このあたりの家は<u>家賃</u>が高い。
    A. やちん　　　B. けちん　　　C. かちん　　　D. いえちん

    > "家"音读为"か／け",训读为"いえ／うち"。"賃"音读为"ちん／じん"。

25. 今日は疲れて肩が<u>凝</u>ってしまった。
    A. ぎょう　　　B. こご　　　C. こら　　　D. こ

    > "凝"音读为"ぎょう",训读为"こ",和语动词有"凝る（こる）"。

26. ときにはこれを<u>きらう</u>人もいる。
    A. 厭　　　B. 煩　　　C. 悪　　　D. 嫌

"厌"的训读为"あ／いや","烦"的训读为"わずら","悪"的音读为"あく",训读为"わる","嫌"的音读为"けん",训读为"きら",和语动词有"嫌（きら）う"。

27. このようなもよおしは年に何回か実施されているようですが、年間の計画についてお知らせください。
    A. 催　　　　　B. 促　　　　　C. 流　　　　　D. 放

    "促"的训读为"うなが","流"的训读为"なが","放"的训读为"はな",和语动词分别为"促（うなが）す、流（なが）れる、流（なが）す、放（はな）す"。"催"的和语动词为"催（もよお）す"。

28. 妻はそんな夫をにくみ、冷たく対しながら、夫の秋の衣類を揃えている。
    A. 恨　　　　　B. 憎　　　　　C. 悩　　　　　D. 憤

    "恨"的训读为"うら","悩"的训读为"なや","憤"的训读为"いきどお",和语动词分别为"恨（うら）む、悩（なや）む、憤（いきどお）る"。"憎"的和语动词为"憎（にく）む"。

29. お送りくださっただいきん、確かに受け取りました。ご依頼の品、本日小包便で発送いたします。
    A. 代金　　　　B. 大金　　　　C. 台金　　　　D. 退金

    "大金"的音读为"おおがね","台金"此单词不存在,"退金"此单词不存在。

30. そのとき、会社の変身にともない、さまざまな問題がおこりました。
    A. 従　　　　　B. 随　　　　　C. 伴　　　　　D. 追

    "従"的训读为"したが","随"的训读为"しがた","追"的训读为"お",和语动词分别为"従（したが）う、随（したが）う、追（お）う。""伴"的和语动词是"伴（ともな）う"。

三、次の文の___に入れるのに最も適切な言葉を、後のA、B、C、Dから一つ選びなさい。
（1×15=15点）

31. ＿＿＿＿とは、西洋料理にかけて味や色を引き立てる液状調味料のことである。
    A. スープ　　　B. ソース　　　C. チーズ　　　D. バター

    "ソース"是"（西餐用）调味汁"的意思。"スープ"是"汤"的意思。"チーズ"是"奶酪"的意思。"バター"是"黄油"的意思。

32. インドは暑い国という＿＿＿＿＿が強いが、場所や季節によって気候が異なる。
    A. イメージ　　　　B. センス　　　　　C. ムード　　　　　D. メッセージ

> "イメージ"是"印象"的意思。"センス"是"感觉；美感"的意思。"ムード"是"气氛"的意思。"メッセージ"是"消息"的意思。

33. 服や髪の毛の下のほうの部分、または山などの下のほうは＿＿＿＿＿という。
    A. あし　　　　　　B. えり　　　　　　C. すそ　　　　　　D. ふもと

> "すそ"是"下摆；裤脚；发梢；山脚"的意思。"あし"是"脚；腿"的意思。"えり"是"领子"的意思。"ふもと"是"山脚，山麓"的意思。同时具备题中所列意思的单词只有 C。

34. 「昨日のノート見せてくれない？＿＿＿＿＿今度ごちそうするから、ね？」
    A. あそこに　　　　B. おもうに　　　　C. かえりに　　　　D. かわりに

> "あそこに"是"在那里"的意思。"おもうに"是"想来，我以为"的意思。"かえりに"是"归途；回来的时候"的意思。"かわりに"是"补偿，报答"的意思。

35. 問題はどこにあるのかはまったく＿＿＿＿＿が付かない。
    A. 見地　　　　　　B. 心がけ　　　　　C. 見当　　　　　　D. 心当たり

> "見地"是"见地，观点，立场"的意思。"心がけ"是"用心，关心"的意思。"見当"是"估计；推断"的意思。"心当たり"是"线索"的意思。"心当たりが付かない"是"没有线索，没有眉目"的意思。

36. 農地を拡大し生産の増大を図るためには、どうしても機械に＿＿＿＿＿しかないのだろう。
    A. 祈る　　　　　　B. 願う　　　　　　C. 頼む　　　　　　D. 頼る

> "祈る"是"祈祷，祷告"的意思。"願う"是"请求；恳求"的意思。"頼む"是"委托，托付"的意思。"頼る"是"依靠，依赖"的意思。

37. 今年は、六月半ばというのに 38 度にもなる高い気温に＿＿＿＿＿。
    A. 叫喚した　　　　B. 困惑した　　　　C. 閉口した　　　　D. 変調した

> "叫喚"是"喊叫"的意思。"困惑"是"为难，不知所措"的意思。"闭口"是"闭口无言；为难；受不了，吃不消"的意思。"変調"是"情况异常，不正常"的意思。原文意为"今年才六月中旬气温就高达38度"。

38. こんなに練習しているのに＿＿＿＿上手にならない。
    A. めったに　　　B. さっぱり　　　　C. けっして　　　　D. あえて

    > "めったに"跟否定表现呼应使用是"很少"的意思。"さっぱり"跟否定表现呼应使用是"完全不，一点不，丝毫不"的意思。"けっして"跟否定表现呼应使用是"决不"的意思。"あえて"是"并不，未必"的意思。句中的接续助词"のに"表示转折关系。

39. うまくできなかった人は家で料理のお手伝いをして、お母さんやお父さんから教えて＿＿＿＿ください。
    A. やって　　　B. あげて　　　　C. くれて　　　　D. もらって

    > 此题考查的是日语授受关系表现。"教えてやってください"和"教えてあげてください"是"我让（请求）对方教给第三方"的意思。"教えてもらってください"是"让对方请求第三方教授"的意思。"教えてくれてください"这种说法不存在。

40. 事件の経緯を＿＿＿＿知らないで、あれこれ口を出すのはよくない。
    A. ろくに　　　B. ふいに　　　　C. ついに　　　　D. すでに

    > "ろくに"后接否定形式，是"（不能）很好地、充分地……"的意思。"ふいに"是"意外，没想到"的意思。"ついに"是"终于"的意思。"すでに"是"已经"的意思。

41. 高価なものが＿＿＿＿上等であるとは限らない。
    A. あまり　　　B. かならずしも　　　　C. すこしも　　　　D. まったく

    > "あまり"是"（不）怎么；太"的意思。"かならずしも"是"不一定，未必"的意思。"すこしも"是"一点也不"的意思。"まったく"是"完全"的意思。此题解题关键在句末的"とは限らない"，这个句型是"不一定"的意思。

42. 泳いだり、水遊びをする時は、＿＿＿＿水に入らないで、十分な準備体操をしてから、水に入ったほうがいい。
    A. いきなり　　　B. ただちに　　　　C. たちまち　　　　D. にわかに

    > "いきなり"是"突然，冷不防"的意思。"ただち"是"立刻；直接"的意思。"たちまち"是"转瞬间；突然"的意思。"にわかに"是"突然，骤然"的意思。原文意思为"游泳、玩水时，不要直接进入水里，最好做了充分的准备体操之后再进入水里"。

43. 予定の仕事が無事に終わったので、休みを取って＿＿＿＿＿＿＿することにした。
    A．はらはら   B．ぷらぷら   C．ぺらぺら   D．ぶらぶら

> "はらはら" 是 "扑簌簌（落下）；捏一把汗" 的意思。"ぷらぷら" 这个词不存在。"ぺらぺら" 是 "流利" 的意思。"ぶらぶら" 是 "赋闲，闲呆着" 的意思。日语的拟声拟态词向来是记忆难点，每个单词最好记住几个典型的例句，这样印象会比较深刻，不容易搞混。

44. 教師の目を盗んで＿＿＿＿＿＿＿髪の色を染める生徒がいる。
    A．うっかり   B．こっそり   C．しっかり   D．はっきり

> 题中 "目を盗む" 是 "背着，偷偷，悄悄" 的意思。"うっかり" 是 "不注意，不留神" 的意思。"こっそり" 是 "悄悄，偷偷" 的意思。"しっかり" 是 "健壮，结实" 的意思。"はっきり" 是 "清楚" 的意思。

45. サッカーの試合見物には母は＿＿＿＿＿＿＿行きたくなさそうな様子をしていたが、結局一番楽しんでいたのは母だった。
    A．いかにも   B．かならず   C．だいたい   D．たいてい

> "いかにも" 是 "的确" 的意思。"かならず" 是 "一定" 的意思。"だいたい" 是 "大致，差不多" 的意思。"たいてい" 是 "大抵，一般" 的意思。

四、次の文の＿＿＿＿に入れるのに最も適切なものを、後のA、B、C、Dから一つ選びなさい。
（1×15=15点）

46. これはどこの店＿＿＿＿＿＿＿売っていますよ。
    A．まで   B．さえ   C．でも   D．すら

> "まで" 表示程度，"直到……程度" 之意。"さえ" 表示类推，举出一项极端的事例，暗示其他一般事例，意思为 "连……（都）"，也不符合句意。"でも" 接在疑问词后面表示 "无论" 的意思。"すら" 的用法也是举出一个极端事例，并暗示其他，"连，甚至" 的意思。

47. 幸い、タクシーが来た＿＿＿＿＿＿＿、すぐ乗って出かけた。
    A．が   B．けれども   C．のに   D．ので

> "が" "けれども" "のに" 都表示转折关系 "却" 的意思。此句意思为 "正好出租车来了，＿＿马上坐车离开了"。所以选择表示因果关系的接续助词最为合适。

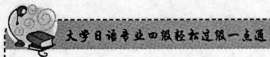

48. あした図書館があいている＿＿＿＿＿＿どうか知っていますか。

    A．が   B．を   C．に   D．か

> "かどうか"是"是否"的意思，表示不确定。

49. この会社に来てから、今年＿＿＿＿＿＿5年になります。

    A．で   B．は   C．が   D．まで

> 格助词"で"用于提示时间，表示"截止到……（时间）。"此题是"到今年"的意思。

50. 一生懸命練習＿＿＿＿＿＿、マラソンの選手に選ばれなかった。

    A．するから   B．したのに   C．すれば   D．したら

> "から"表示因果关系。"のに"表示转折关系"却"的意思。"ば"表示假定条件"如果"的意思。"たら"是"要是，如果"的意思。原文意思为"虽然拼命练习，但是没被选为马拉松选手"，所以应该选择表示逆接关系的接续助词。

51. 通勤の＿＿＿＿＿＿言えば、アパートは、駅に近いほうがいいと思います。

    A．うえが   B．うえへ   C．うえで   D．うえに

> "～のうえで言えば"是"从……方面来讲"的意思。

52. 退屈な毎日＿＿＿＿＿＿飽きて、冒険を求めている人が多い。

    A．で   B．に   C．を   D．から

> "～に飽きる"是"对……感到厌倦"的意思。"に"用来提示厌倦的对象。

53. 外国で病気する＿＿＿＿＿＿心細いことはありません。

    A．さえ   B．ばかり   C．ぐらい   D．のみ

> "さえ"是"连，甚至"的意思。"ばかり"是"只，仅"的意思。"ぐらい"与否定形式呼应使用，意为"没有像……那样"。"のみ"是"只有"的意思。

54. 行き先の違う汽車に乗る＿＿＿＿＿＿、たいへんな間違いですね。

    A．なんと   B．なんて   C．なんか   D．なんぞ

> "なんと"作为副词是"竟然"的意思。"なんて"是以轻视的心情表示"……之类的"或意外的心情。"なんか"表示"等等,之类的"。"なんぞ"意思跟"など"一样。

55. 喉が乾いたから、お茶＿＿＿＿＿もらえませんか。
A. しか   B. さえ   C. だって   D. でも

> "しか"跟否定形式呼应使用是"仅，只"的意思。"さえ"是"连，甚至"的意思。"だって"是"即便是"的意思。"でも"表示举例，"譬如"之意。

56. 桜の＿＿＿＿＿植物は中国でも珍しくはありません。
A. ような   B. ように   C. みたいな   D. みたいに

> 此题重点考查的是前后的接续关系。先来看后面的接续情况。选项B、D后面接续用言。选项A、C后面接续体言。再来看前面的接续情况。如果"ような""みたいな"前面是名词的情况下，"みたいな"直接接在名词后面，而"ような"需要在名词后面加"の"再接续。

57. 犯人が逃げた＿＿＿＿＿、どっちの方向だろうか。
A. とし   B. としても   C. としたら   D. と

> 选项A不存在。"としても"是"即使"的意思。"としたら"是"如果"的意思。"と"接在动词原形后面，表示"一……就"。原文意为"＿＿＿犯人逃跑了，会是哪个方向呢"，所以选择表示假定条件的选项最为合适。

58. 天候が回復し次第、＿＿＿＿＿。
A. 出航しない   B. 出航しよう
C. 出航しつつある   D. 出航できないだろう

> "次第"接在动词连用型的后面，表示"一……就，立即，马上"的意思，所以应选择表示意志的选项。选项C"つつある"表示动作正在进行中。

59. たとえ大金を積まれたとしても、＿＿＿＿＿。
A. そんな仕事はやりたくない   B. どんな仕事もやりたい
C. そんな仕事はやりかねない   D. どんな仕事もやりかねない

> "たとえ～としても"是"即使，即便"的意思。所以应该选择与前文意思相反的。选项A是"不想做那样的工作"的意思，选项B是"什么样的工作都想做"，选项C是"那样的工作不难做"的意思，选项D是"什么样的工作都不难做"的意思。

60. あした＿＿＿＿＿のですが、ご都合はいかがでしょうか。
A. お会いになりたい   B. おいでになりたい
C. ご覧になりたい   D. お目にかかりたい

> 此题考察的是日语中的敬语。"明天我想见您，您有空么？"，因为是己方的动作，所以应该选择自谦语。前三项均为尊敬语。

五、次の文章の [　　] に入る最も適切な言葉を、後のA、B、C、Dから一つ選びなさい。（1 × 10=10 点）

私は山歩きが大好きです。祖父と四季を [　61　]、登って楽しんでいます。全身汗びっしょりになり、山の頂上についた時の達成感がなんともいえない [　62　]。祖父の話では、昔は山の木に、赤や黄色の山苺や山葡萄などがなっていて宝の山のようで、また違った楽しみもあったと言います。[　63　] そんな木は切り倒され、杉林になってしまいました。杉の方がお金になったからです。しかしその杉林も、時代の流れであれた林が増えています。[　64　]、山歩きの楽しみの一つに、鳥のかわいらしいさえずりや羽音が聞こえることがあります。鼬や、狸などの小動物の足跡を見つけることもあります。

[　65　]、人間の文明はそんな鳥や動物の生態を十分に破壊してきました。熊が人里におりてきて射殺されたり、都会でカラスの被害が深刻になっているニュースを聞く [　66　]、物言えぬ動物たちが、人間本位の文明にイエローカード[注1] を出しているように思えます。

[　67　]、山を歩いていると、自然に帰らないゴミ、即ち、ペットボトル[注2] やスーパーの袋が落ちている時があります。私は、自分が出したゴミは無論のこと、おちているゴミも、拾って持って帰るように [　68　]。

山の土や緑は、動物のすみかになったり、洪水を防いだり、生活に必要な物になってくれます。また、森林は海のプランクトン[注3] を育てます。「木を見て森を見ず」ということわざがありますが、目先の便利さや人間の利益を優先して人は、命にかかわる大切なものを失い [　69　]。

環境問題を考える時、私たち人間は、山の自然から、大きなかけがえのない贈り物を [　70　] ことを決して忘れてはいけないと思います。

[注1] イエローカード＝サッカーなどの競技で使う黄色の警告カード
[注2] ペットボトル＝清涼飲料などの容器に用いるポリエチレン製の瓶
[注3] プランクトン＝水中に浮遊して生活する生物の群集

61. A. 言わず　　　　B. 問わず　　　　C. 聞かず　　　　D. 話さず

  "…を問わず"是"不论，不管，不限"的意思，前面通常接续意思相反或相对的词。

62. A. に決まっています　　　　　　B. までです
  C. に違いありません　　　　　　D. からです

"に決まっている"是表示"必定,当然,注定"之意的断定表达方式。而"に違いない"表示推测,尽管确性度很高,但是一种主观性的表达。"爬上山顶的成就感无法形容"这是作者的主观想法。

63. A. 今は　　　　　B. 将来は　　　　　C. 過去は　　　　　D. いつかは

因为用的是过去时态,所以选项A、B被排除。选项C意思跟"昔"重复,会使时间表达不清,所以选择意为"不知什么时候"的D。

64. A. まだ　　　　　B. まだしも　　　　C. また　　　　　D. または

"まだ"是"仍然"的意思。"まだしも"是"还算可以"的意思。"また"作为接续词,意为"又;同时"。"または"是"或者"的意思。

65. A. そこで　　　　B. それで　　　　　C. しかし　　　　D. しかも

前文都在讲漫步山中的乐趣,此处意思发生转折,开始讲述人类文明给自然界带来的破坏。所以应该选择表示逆接关系的"しかし"。

66. A. ために　　　　B. たびに　　　　　C. のに　　　　　D. ので

"ために"是"为了"的意思,"たびに"是"每次"的意思。"のに"表示转折关系。"ので"表示原因理由。

67. A. さらに　　　　B. けっして　　　　C. さすが　　　　D. もっとも

"さらに"表示递进关系,"并且,还"的意思。"けっして"是"绝对(不)"的意思。"さすが"是"真不愧是"的意思。"もっとも"是"最"的意思。

68. A. されています　B. させています　　C. なっています　　D. しています

"ようにしている"表示说话人的意志或努力做某事。

69. A. そうもありません　　　　　　　　B. つつあります
　　C. はしてはいけません　　　　　　　D. こそあります

"つつある"表示正在进行即"正在……中"的意思。

70. A. くれている　　B. あげている　　C. もらっている　　D. やっている

此题考察的是日语授受关系句型的用法。原文意思为"人类从大自然那里得到无上宝贵的礼物",得到方"人类"作主语,所以应该选择"もらう"。

六、読解問題

問題一、次の各文章を読んで、後の質問に答えなさい。答えはそれぞれA、B、
　　　　C、Dの中から最も適切なものを一つ選びで、解答用紙のその番号に印をつけな
　　　　さい。（1×5=5点）

【文章1】

　①われわれは、例外なく、下流より上流の方を気にする。上流が汚れ、乱れると、水
や食べ物がまずくなり、危うくなり、くらしの楽しみが減り、体が傷つけられやすくな
るからである。上流に比べて、下流に対する関心はゼロといってよいくらいうすい。目
の前に置いておくと嫌なものを、見えないところ、遠いところに持っていくだけで、も
う、すっかりその存在さえ忘れてしまう。たとえば自家用車を運転している人は、気楽
な気分で歩行者や自転車族に排気ガスを吹き付けているのだが、そのことを意識してい
る人はほとんどいない。これなど下流に対する無関心の典型である。

71. ①われわれは、例外なく、下流より上流の方を気にするとあるが、その理由として
　　正しいものはどれか。
　　A. 上流の存在を忘れてしまっているから
　　B. 下流が見えないところが多いから
　　C. 上流が汚れると被害を受けるから
　　D. 下流はありふれた風景だから

> 理由就在下面的句子里。"上流一污染，水和食物就会变得难吃，变得危险，
> 生活乐趣就会减少，容易给身体带来伤害"。所以人们关注上流的原因是"上
> 流受到污染会蒙受损失"。

72. 下流にあたるものは次のどれか。
　　A. 食べ物　　　　B. 自家用車　　　　C. 自転車　　　　D. 排気ガス

> 作者最后用私家车排放废气与人们对上流和下流的关心作对比，认为几乎没
> 有车主意识到私家车排放的废气对步行者和骑自行车的人会造成什么样的危
> 害。这正是像前文所说的对下流漠不关心的典型。

【文章2】

　私の知っている寿司屋の若主人は、亡くなった彼の父親を、いまだに尊敬している。
死んだ肉親のことは多くの場合、美化されるのが普通だから、彼の父親追憶も①それで
はないかときいていたが、②そのうち考えが変わってきた。

　高校を出た時から彼は寿司屋になるすべてを習った。父親は彼の飯にたきかたが下手
だとそれをひっくりかえすぐらい厳しかったが、何といっても腕に差があるから文句が

言えない。だがある日、たまりかねて

　③「なぜぼくだけに辛く当たるんだ？」

と聞くと、

　「俺の子供だから辛く当たるんだ。」

と言い返されたと言う。

73. ①それが指す内容として最も適当なものはどれか。

    A．死んだ肉親の追憶　　　　　　　B．死んだ肉親の美化

    C．死んだ肉親への尊敬　　　　　　D．死んだ肉親の厳しさ

> 指示代词"それ"用来指代前文提到的事情或对方讲述过的事情。由此可知，"それ"所指的内容是前文的"死んだ肉親のことは多くの場合、美化されるのが普通だ"。

74. ②そのうち考えが変わってきたのは誰の考えか。

    A．筆者　　　　　　　　　　　　　B．寿司屋の若主人

    C．亡くなった父親　　　　　　　　D．死んだ肉親の息子

> 前文的意思是"我问他,他对父亲的缅怀也是那样的吗？",紧接着"可是很快,想法转变了"。由此可知，是笔者在问过寿司店店主之后，笔者的想法发生了转变。

75. ③なぜぼくだけに辛く当たるんだとあるが、「辛く当たる」とはこの場合どういう意味か。

    A．激しくぶつかる　　　　　　　　B．必要以上に厳しくする

    C．理由を言わずに殴る　　　　　　D．何も教えてくれない

> "人に辛く当たる"是"待人特别苛刻"的意思。前文说，父亲总是说他饭煮得不好，并没有说有"争吵""殴打"之类的事情，所以选项A、C不符合题意。店主是觉得父亲对他太严格了。

問題二、次の文章を読んで、後の問いに答えなさい。（ [1] ～ [6] は、それぞれ段落を示す番号である）。答えはそれぞれ A、B、C、D の中から最も適切なものを一つ選びで、解答用紙のその番号に印をつけなさい。（1 × 10=10 点）

[1] 「言葉」は、普通「伝達」と「思考」の手段であるといわれます。この「伝達」の働きについては、だれもがすぐ理解しやすいことなのですが、「思考」の手段としての「言葉」については、私たちがさまざまな言葉をほとんど無意識に自由に使っているだけに、

かえってその働きが実感されにくいようです。しかし、①この働きについても、人間の子供が、生まれてから②だんだんと言葉を覚え、次々に言葉を増やすことによって、事物についての認識や考える力を発達させていくことなどを見てみると、わかりやすいでしょう。

2　私たちの考える力の中には、たとえば、個々の事物からそれぞれの持っている特長的な部分を捨てて、共通な側面や性質を引き出す、「抽象」する力があります。数で言えば、三個の椅子も、三冊の本も、ともに同じ「三」という数で考えるのが抽象することになります。また、同年輩のA・B両人が親しく交際し、同じくC・Dも親しく交際しているとき、A・BとC・Dの親しさの内容も交際の仕方も違うはずなのに、こういう同年輩の人たちの間の愛情をともに③「友情」という言葉で表すのも抽象する考え方によるものです。このように私たちは、さまざまな事物を抽象してその性質を言い表すのに「言葉」を用います。

3　また、私たちは、いろいろな具体的な事物を調べてそれらの間にある関係を見つけたり、一般的な法則によって個々の具体的な事物の性質を説明したりする考え方をします。こういう考え方は、私たちが事実に基づいてものごとをきちんと筋道立てて考えていく場合に、中心的な働きをするものです。そして、それらは、すべて「言葉」というものを④なかだちにして成り立っているのです。

4　そのことは、私たちの勉強の場合どうなっているかというと、勉強の内容が、すべて「言葉」（文字や記号・符号などを含めて）による思考によって成り立っているということです。だから、「勉強がわからない」というのは「言葉」で考える道筋で、⑤「言葉」に関するいろいろなつまずきがあるということになります。たとえば、言葉の意味や文字の読み方がわからないから内容がわからない、ということがあります。

5　ところで、私たちの「言葉」は、人間・社会・自然などについての、無数のものごとをそれぞれに区別して指し示す言葉や、的確に言い表す言葉から成り立っています。また、言葉によっては、その中にかなりたくさんの意味合いの違いを含んでいるものもあります。これらの言葉は、それぞれの言語の「文法」という一定のきまりによって組み立てられ、人間の複雑な［　⑥　］内容を表すことができるようになります。

6　そこで、「言葉」で考える上でのつまずきを取り除くためには、個々の単語についてはもちろん、それらをさまざまに組み立てて作られる表現の意味している内容を、正しく理解し、自分のものにしていくことが大切になります。そうすることで、私たちは、考えをいっそう深めたり、心を豊かにする「言葉」の使い方を学んだりすることができるのです。

76. ①<u>この働き</u>とは、どういう働きを指しているか。
 A.「伝達」の手段としての「言葉」という働き
 B.「認識」の手段としての「言葉」という働き
 C.「思考」の手段としての「言葉」という働き
 D.「理解」の手段としての「言葉」という働き

> 根据前后文语言环境可以推断出，此处的"この働き"跟前面一句里的"その働き"指的都是一个"働き"，即"作为思考手段的语言的功能"。

77. ②<u>だんだんと</u>とは、次のどれにかかるのか。
 A. 覚え　　　B. 増やす　　　　C. 考える　　　D. 発達させ

> 与"だんだんと"相关的是动词"覚え"，与"増やす"相关的是"次々に"。

78. ③<u>友情</u>とは次の何か。
 A. 同年輩の人たちの間の愛情
 B. 二人が親しく交際すること
 C. 言葉で抽象できる愛情
 D. 共通な側面や性質を引き出して交際すること

> "をともに"之前的内容即是"友情"所指。即"年纪相仿的人之间的爱"。选项A含义范围太广，故不选。

79. ④<u>なかだち</u>の本文中における意味は次のどれか。
 A. 中座する　　　B. 頼りにする　　　C. 橋渡し　　　D. 仲立ち上場の略語

> "这些全都是以语言为_____而达成的"。"中座する"为"中途退席"；"頼りにする"为"依靠"；"橋渡し"为"桥梁"；"仲立ち上場"此种说法不存在。

80～82. ⑤<u>「言葉」に関するいろいろなつまずき</u>とあるが、次の文は、筆者が考えている「つまずき」について説明したものである。80、81、82に当てはまる最も適当な言葉はどれか。
 「言葉」のつまずきとしては、80の意味が分からない場合や、80を「81」という一定のきまりによって82の意味がわからない場合などが考えられる。

80. A. 個々の仮名　　B. 個々の漢字　　C. 個々の語彙　　D. 個々の単語

81. A. 文法　　　　B. 発音　　　　C. 文節　　　　D. 意義

82. A. それぞれ形のある段落になった表現

    B. それぞれに文法に合う複雑な表現

    C. さまざまに組み立てて作られる表現

    D. さまざまに調整し整えられる表現

> 答好这一系列三个问题的关键，在于从前后文中找出下面几句关键的话：第5段的"これらの言葉は、それぞれの言語の「文法」という一定のきまりによって組み立てられ"；第6段的"個々の単語についてはもちろん、それらをさまざまに組み立てて作られる表現の意味している内容を、正しく理解し、自分のものにしていくことが大切になります"。

83. [⑥]に入る言葉は次のどれか。

    A. 行動   B. 思考   C. 認識   D. 抽象

> 此处呼应的是文章开头的"「言葉」は、普通「伝達」と「思考」の手段である"。

84. 次の一文は、① ～ ④ 段落のうち、どの段落の最後につければよいか。

  特に古典や外国語を習う場合、単語の意味が分からないから書いてあることの意味がわからないというのは、よくあることでしょう。

    A. ①   B. ②   C. ③   D. ④

> 此题解题关键在"特に"这个词。由这个词可以推断出，前文必定也是在讲述由于不懂单词的意思等造成的学习上的困难。所以放在第四段后面最为合适。

85. 本文に述べられていることと最もよく合っているものはどれか。

    A. 事物を調べて、それらの間にある関係を見つけることができるのは、[言葉]の「伝達」の働きによるものである。

    B. 一般的な法則によって個々の具体的な事物の性質を説明する考え方は、人間に生まれつき備わっているものである。

    C. 「言葉]は、無数のものごとをそれぞれに区別して指し示し、一つの言葉が表す意味は必ず一つと決められている。

    D. 考えをいっそう深めたり、心を豊かにしたりするためには、[言葉]を正しく理解していくことが重要である。

> 此题答案就在归纳全文意思的最后一段里。前三个选项跟本文观点都不符。

第二部分

七、次にある未完成の文を完成しなさい（解答は解答用紙に書きなさい）。（1 × 10 ＝ 10 点）

86. 約束をした以上＿＿＿＿＿＿＿＿＿＿＿＿＿＿＿＿＿＿＿＿＿＿。

> "以上" 表示原因和理由，句末通常会接 "～なければならない／～べきだ"
> "～つもりだ" "～たい" 等义务、意志、希望的句型表现，或是 "～はずだ"
> "～に違いない" 等判定的语气。"約束をした以上" 是 "既然已经约定好了"
> 的意思。

87. 食べれば食べるほど＿＿＿＿＿＿＿＿＿＿＿＿＿＿＿＿＿＿＿。

> "～ば～ほど" 表示比例变化，"越……越……" 的意思。"食べれば食べるほど"
> 是 "越吃越……" 的意思。

88. 夜は子供に泣かれて＿＿＿＿＿＿＿＿＿＿＿＿＿＿＿＿＿＿＿＿。

> 此句为自动词的间接被动句（自動詞の間接受け身文），"夜は子供に泣かれ
> て" 意思为 "夜里被孩子的哭声吵得"。

89. お忙しいところを＿＿＿＿＿＿＿＿＿＿＿＿＿＿＿＿＿＿＿＿＿＿。

> "お忙しいところを" 是 "在您百忙之中" 的意思。

90. もう少し勝てたのに…悔しくて、悔しくて＿＿＿＿＿＿＿＿＿＿＿＿。

> "のに" 表示逆接关系。"差一点儿就赢了"，由此可推断出，下文应该是
> "太遗憾了，遗憾得不得了" 之类的意思。这种自然涌现的强烈感情表现可
> 以使用表示程度、状态非常深刻的句型 "～てしかたない／～てしようがな
> い／～てならない"，但注意不能使用 "～てたまらない／～てかなわない"，
> 因为这两个句型不能用于自然自发的表现。

91. 小説を読んでいるうちに＿＿＿＿＿＿＿＿＿＿＿＿＿＿＿＿＿＿＿。

> "うちに" 是 "在……期间" 的意思。

92. あの人は歌手のわりには、＿＿＿＿＿＿＿＿＿＿＿＿＿＿＿＿＿＿。

> "～わりには" 表示从前述内容考虑，后项内容出人意料，相当于汉语的 "虽
> 然……但是……" "与……相比……"。如 "安いわりには質がいい（虽然便
> 宜但质量很好）"、"勉強しなかったわりにはテストでいい点がとれた（不
> 学习考试成绩却很好）"。"あの人は歌手のわりには" 意思是 "他虽然是著
> 名歌手，但是"。

93. 何もできないくせに_____。

> "～くせに" 是 "明明……却" 的意思，具有责备、轻视等语气，句子前后必须是同一主语。"何もできないくせに" 是 "明明什么都不会却" 的意思。

94. お金があるからと言って_____。

> "からと言って" 是 "就算……也" 的意思。"お金があるからと言って" 的意思是 "就算是有钱也……"。

95. 体に悪いと分かっていながら_____。

> "ながら" 接续在状态动词、形容词、形容动词后，表示逆接。"体に悪いと分かっていながら" 是 "明知道对身体不好却（一如往昔地）" 的意思。

八. 次の要領で解答用紙に作文をしなさい。（15 点）

題　　目：

注意事項：1．文体：常体（簡体）；

2．字数：350 ～ 400；

3．文体が間違った場合、字数オーバーまたは不足の場合は減点になる。

大学日本語専攻生四級能力試験模擬テスト（一）

（試験時間：160分）
注意：解答はすべて解答用紙に書きなさい。

第一部分

一、聴解（1 × 20 ＝ 20 点）

二、次の文の下線をつけた単語の正しい読み方や漢字を後の A、B、C、D の中から一つ選
　　びなさい。（1 × 10 ＝ 10 点）

21. 天気予報によれば、来週日本列島は、全国的に<u>晴天</u>が続くそうです。
　　A. せいてん　　　B. せいでん　　　　C. しょうてん　　　D. しょうでん

22. このような服装が若者の間で<u>急速</u>に流行した
　　A. きょうそく　　B. きゅうそく　　　C. きょうそう　　　D. きゅうそう

23. 君は<u>賢い</u>選択をしたね。
　　A. すごい　　　　B. きつい　　　　　C. かしこい　　　　D. するどい

24. 複写で<u>鮮やか</u>な色を出すのは難しい。
　　A. あざやか　　　B. あでやか　　　　C. はれやか　　　　D. はなやか

25. 考えの<u>異なる</u>人とでも、案外仲良くなれるものだ。
　　A. かさなる　　　B. なくなる　　　　C. つらなる　　　　D. ことなる

26. この食品は、開封後は、お早めに<u>おめしあがり</u>ください。
　　A. 飯上がり　　　B. 召し上がり　　　C. 招し上がり　　　D. 食し上がり

27. 太陽のにおいを<u>ただよ</u>わせていた。
　　A. 装　　　　　　B. 漂　　　　　　　C. 失　　　　　　　D. 浮

28. ここで販売されている革靴は、<u>やわらかくて</u>はきやすい。

    A. 快らかくて　　　B. 和らかくて　　　　C. 柔らかくて　　　D. 適らかくて

29. <u>あくてんこう</u>のため、荷物の到着が遅れた。

    A. 悪天向　　　　B. 悪天荒　　　　　C. 悪天航　　　　D. 悪天候

30. 日が<u>しずんだら</u>、星の観測をしよう。

    A. 沈んだら　　　B. 消んだら　　　　C. 傾んだら　　　D. 滅んだら

三、次の文の＿＿に入れる最も適切な言葉を、後のＡ、Ｂ、Ｃ、Ｄから一つ選びなさい。（1 × 15 ＝ 15 点）

31. 彼はインタビューに対し、自分の立場を考えて＿＿＿＿を控えた。

    A. サンプル　　　B. スピーチ　　　　C. リポート　　　D. コメント

32. 適度の睡眠と運動、そして栄養の＿＿＿＿のとれた食品をとりましょう。

    A. バランス　　　B. パターン　　　　C. コントロール　　D. カロリー

33. 飲み終わったら、＿＿＿＿になったビンをこちらに捨ててください。

    A. なし　　　　　B. あき　　　　　　C. すき　　　　　D. から

34. 今度の打ちあわせは土曜日です。＿＿＿＿、時間は後ほどお伝えします。

    A. なお　　　　　B. さらに　　　　　C. むしろ　　　　D. それでも

35. 彼はこのレストランの評判を＿＿＿＿にして、遠くからやってきた。

    A. 首　　　　　　B. 耳　　　　　　　C. 口　　　　　　D. 手

36. 旅行につれていけないので、わたしは友人にペットの犬を＿＿＿＿。

    A. ふざけて　　　B. あずけた　　　　C. くっつけた　　D. よびかけた

37. あの薬局は夜遅くまで＿＿＿＿しているので、便利だ。

    A. 営業　　　　　B. 作業　　　　　　C. 授業　　　　　D. 商業

38. あの人は、こちらが何度だめだと言っても、また頼みに来る。本当に_____人だ。
   A. おもたい　　　B. こまかい　　　　　C. すまない　　　　D. しつこい

39. 彼女は結婚生活に大きな夢を_____いる。
   A. いだいて　　　B. くだいて　　　　　C. かかえて　　　　D. むかえて

40. 特に気に入ったものがないが、_____言えば、これですね。
   A. ついに　　　　B. しいて　　　　　　C. むやみに　　　　D. まして

41. 家の中は_____清潔にしておきましょう。
   A. たんに　　　　B. ついに　　　　　　C. つねに　　　　　D. すでに

42. 時は_____矢のごとく過ぎ去った。
   A. なかなか　　　B. あたかも　　　　　C. しかも　　　　　D. なおも

43. 赤ちゃんが生まれたという電話を受け取った田中先生は_____うれしそうな顔をしていた。
   A. いまにも　　　B. いかにも　　　　　C. ますます　　　　D. いったん

44. 昨夜は、ベッドで本を読んでいるうちに_____寝てしまった。
   A. いつのことか　B. いつでも　　　　　C. いつまでも　　　D. いつのまにか

45. 「お茶のおかわり、いかがですか？」
   「あ、もう、_____。そろそろ帰りますので。」
   A. おまたせしました　　　　　　　B. おかまいなく
   C. かしこまりました　　　　　　　D. ごえんりょなく

四、次の文の___に入れる最も適切なものを、後のA、B、C、Dから一つ選びなさい。（1×15＝15点）

46. 両親は音楽家_____、娘さんの歌もすばらしい。
   A. ほど　　　　　B. だけに　　　　　　C. こそ　　　　　　D. ばかりに

47. 怖くて声を出すこと_____できなかった。
　　A. さえ　　　　　B. だけ　　　　　　　C. しか　　　　　　D. きり

48. お客様_____親しみを持ってもらいたいと思います。
　　A. の　　　　　　B. へ　　　　　　　　C. で　　　　　　　D. に

49. 先日起きた事件_____人々に恐怖感を与えた事件はないだろう。
　　A. だけ　　　　　B. ほど　　　　　　　C. こそ　　　　　　D. ばかり

50. 新聞_____母校の記事が出ていました。
　　A. を　　　　　　B. で　　　　　　　　C. に　　　　　　　D. から

51. 試合に出場する_____には、最後まで一生懸命やりたい。
　　A. から　　　　　B. ため　　　　　　　C. わけ　　　　　　D. うえ

52. この自転車は高い_____あって、性能がいい。
　　A. ほど　　　　　B. だけ　　　　　　　C. とか　　　　　　D. から

53. 地震のことなど想像する_____恐ろしい。
　　A. だの　　　　　B. でも　　　　　　　C. だに　　　　　　D. では

54. あまりよく考えないで仕事を引き受けた_____、ひどい目にあった。
　　A. わりに　　　　B. ように　　　　　　C. ばかりに　　　　D. ところに

55. 犯人は買い物をしていた_____警官に逮捕された。
　　A. ところに　　　B. ところを　　　　　C. ところで　　　　D. あいだ

56. 部長になられた_____ね。おめでとう。
　　A. らしい　　　　B. ようだ　　　　　　C. みたいだ　　　　D. そうだ

57. 今日は母が出かけているから、自分で食事を作る_____。
　　A. かねない　　　B. ざるをえない　　　C. しかない　　　　D. ずにはいられない

58. いつも迷惑をかけていると_____つつも、つい甘えてしまう。

    A. 知る   B. 知り   C. 知って   D. 知れ

59. お父さんの病気はすぐによくなるから、君は何も心配する_____。

    A. ことはない   B. ことはある   C. ことでない   D. ことである

60. ちょっと_____すぐお直しいたします。

    A. 待たせてくだされば   B. お待ちいただければ

    C. 待たせていただければ   D. お待ちしていただければ

五、次の文章の [ ] に入る最も適切な言葉を、後の A、B、C、D から一つ選びなさい。（1 × 10 ＝ 10 点）

この悠々たる人生の行路で青春とはいったい何であるか。これもまた僕らにとって常に古く [61] 新しい疑問なのではなかろうか。

「若い時は二度とない。」これはよく人々が青年に [62] いう言葉である。二十歳を越した青年でこれを親なり目上の人からなり聞かされたことのない人はいないであろう。しかしこの言葉の意味を本当に考えて見た人は、[63] それほど多くはいないのではなかろうか。「若い時は二度とない。」だから勉強せよとか、好きなことをして遊べとか、この言葉の解釈は様々につくであろう。

だがこの [64] な諺があまねく人口に膾炙している（注1）のは決して単にそれがめいめい（注2）に勝手な解釈を許すからではなく、[65] それがどのような解釈をしても貧乏揺ぎもせぬ（注3）ある厳しい事実の端的（注4）な表現だからではなかろうか。[66] どんなに精出して（注5）励もうと、または故意にのらくらして過そうと、僕らの若い時代というものはただ一度しかない。二度とそれを取返すことは誰にも不可能だ。この誰も疑い得ぬ、[67] 誰しも忘れがちな人生の真実をこの言葉は僕らの胸に訴えるのではなかろうか。また更に考えて見れば、二度とないのは決して僕らの青春だけではない。僕らの一生もまた疑いもなく二度と生きられぬものである。子供の時代も老年の時代も一度過ぎ去れば僕らには再び生きられない。これも僕らが普段は忘れ [68] 大きな事実である。

しかし僕らはそのことも別段ことさらに考えない。たとえば子供を叱るとき僕らは「お前達の子供時代は二度とないのに。」などとは言わないし、また老人に向って逆意見をするときもそんな事を言ったという例はない [69] である。

では人々は何故青年に対してだけこの事実を強調するのであろうか。言うまでもなく

それは、青春が人生にとって一つの決定的な時期だということを、人々が経験に [70] 知っているからであろう。

（中村光夫『青春論』よる）

注1　人口に膾炙している：広く世の人々に知れわたっていること。

注2　めいめい：それぞれ。おのおの。一人一人。

注3　貧乏揺ぎもせぬ：ほんのちょっと動くこともできない。

注4　端的：はっきりと表すさま。

注5　精出して：一生懸命して。

61.　A. また　　　　　B. または　　　　C. かつ　　　　　D. より
62.　A. よって　　　　B. とって　　　　C. 向けて　　　　D. 向かって
63.　A. もっぱら　　　B. それとも　　　C. おそらく　　　D. ひたすら
64.　A. 非凡　　　　　B. 平凡　　　　　C. 篤実　　　　　D. 真実
65.　A. むしろ　　　　B. そして　　　　C. それとも　　　D. さらに
66.　A. すなわち　　　B. たちまち　　　C. たとえ　　　　D. ところが
67.　A. そして　　　　B. だから　　　　C. だが　　　　　D. およそ
68.　A. がちな　　　　B. っぽい　　　　C. がたい　　　　D. ぎみな
69.　A. そう　　　　　B. よう　　　　　C. らしい　　　　D. こと
70.　A. あたって　　　B. こたえて　　　C. ついて　　　　D. よって

六、読解問題

問題一、次の各文章を読んで、後の質問に答えなさい。答えはそれぞれ A、B、C、D の中から最も適切なものを一つ選んで、解答用紙のその番号に印をつけなさい。（1 × 5 ＝ 5 点）

【文章1】

　あれはいつのころだったか、まだ、数学などに凝って^(注1)いたときだ。ぼくは、友人と競争で、ある問題を解いていた。それが解けたときはほんとうに嬉しかった。それで、すぐに友人に電話した。

「おい、やった、解けたぞ！」

ぼくは、ほとんど、叫んでいた。

だが、相手はねむそうにいう。

「なにが、解けただ。いま何時だと思っているんだ。午前2時だぞ！」

怒った声だった。

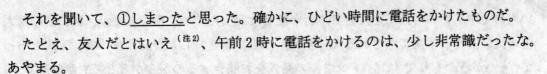

　それを聞いて、①<u>しまった</u>と思った。確かに、ひどい時間に電話をかけたものだ。

　たとえ、友人だとはいえ^(注2)、午前２時に電話をかけるのは、少し非常識だったな。あやまる。

　「ごめん！」

　ぼくはすぐあやまった。すると、相手はいった。

　「おまえのバカな友人になら、何時に電話をしようと勝手だ。おれ^(注3)のいいたいのは、（　②　）ということだ。」

　そして、ガチャン。そういえば、相手の声は友人の③<u>それ</u>ではなかった。

（なだいなだ『こころのかたち』による）

注１　凝る：熱中する。

注２　〜とはいえ：〜といっても。

注３　おれ：「私」の意味（男性が使うことが多い）。

71. ①「<u>しまった</u>」とあるが、筆者は自分のどんな行動にしてそう思ったのか。

　　A. 問題がまだ解けていない友人の気持ちを考えずに電話をした。

　　B. 自分から電話をかけたのに、初めに名前を言わなかった。

　　C. 午前２時という非常識な時間に友人に電話をした。

　　D. 問題が解けた嬉しさのあまり、電話で叫んだ。

72. （　②　）に入る最も適当なものはどれか。

　　A. 電話番号はまちがえないようにかけろ

　　B. そんなことで深夜に電話をかけるな

　　C. 相手のことを考えて電話をかけろ

　　D. 自分の名前を伝えてから話せ

73. ③「<u>それ</u>」とは何を指すか。

　　A. 電話番号　　　B. 話し方　　　　C. 常識　　　　D. 声

【文章２】

イアン様

　先日はお便りありがとうございました。こちらこそごぶさたしております。卒業記念発表会のご案内状もありがとうございました。ホームステイでわが家にいらっしゃった時は、まだ来日なさったばかりでしたのに、もう２年にもなるのですね。ほんとうに早

いものです。あの時はほとんど日本語が話せなかったので心配でしたが、発表会では大勢の人の前で日本語で話されるのですね。本当に驚きました。発表会へは、家族そろって、うかがうつもりです。イアンさんの発表をお聞きするのが今からとても楽しみです。

　ところで、その後は何かご予定がありますか。よろしければ一緒にお食事でもいかがでしょうか。ご都合をお聞かせください。

　では、発表会当日を楽しみにしております。

3月10日

田中よしこ

74. この手紙で表されている書き手の気持ちとして、最も適当なものはどれか。

　　A. 留学生が日本語を話せないことを心配している。

　　B. 留学生が日本語で発表することを不安に思っている。

　　C. 留学生がホームステイに来ることを楽しみにしている。

　　D. 留学生が日本語で発表することをうれしく思っている。

75. この手紙を読んだ人は、この後何をするか。

　　A. 発表会を聞きに行く。

　　B. 発表会の案内状を出す。

　　C. 発表会後の都合を知らせる。

　　D. 発表会後に食事に招待する。

問題二、次の文章を読んで、後の質問に答えなさい。答えはそれぞれ A、B、C、D の中から最も適切なものを一つ選んで、解答用紙のその番号に印をつけなさい。（1 × 10 = 10 点）

【文章1】

　この話をする前に、「時間というものは作ることができない」という、あたり前のことを言っておきたい。1日が24時間であることを変えることはできない。

　睡眠時間を削ればいいと言う人もいるだろう。必要な睡眠時間は個人差があるうえに、無理をすると苦痛も大きい。楽しいことをするために睡眠時間を削るのはそれほど苦にならないものだけれども、勉強のために睡眠時間を削るなど、①なかなかできるものではない。

　では、どうすれば時間ができるのか。おおむね^(注1)二つの方法がある。

　ひとつは、自分にとっての「ムダな時間を減らす」ことだ。大学に受かるための時間が必要ならば、それに関係のない時間を減らせばいい。これは必ずしも、食事や入浴の

時間を削れというわけではない。②あたり前のように過ごしているムダな時間をなくせばいいのだ。（中略）

　1日1時間はテレビを見てもいいというような、ある程度の娯楽は許されるだろう。でも、どれもこれも十分な時間をとるのは、とうてい（注2）無理な話だ。だから、どうしても自分にとって捨てられないことや捨てられない時間を二つか三つに絞ぼり、それ以外は削らなければならない。

　時間を増やす二つ目の方法は、「③時間の密度を上げる」ことである。時間の密度を上げるということは、1時間で5ページ勉強するのと10ページ勉強するのとでは、時間の密度が倍もちがうということだ。前にも言ったように、勉強をやっていないのに「できる」人は、時間的に多く勉強していないだけで、人の何倍ものスピードで十分な勉強量をこなし（注3）ているはずだ。

　ここで浮上（注4）してくるのが、④一見（注5）ムダに見える時間の効用（注6）である。1時間だけはテレビを見る、彼女と電話で話すなど何でもいいのだが「遊び」があることで残りの2、3時間の密度がアップする（注7）なら、それはムダな時間ではなく投資（注8）の時間ということになる。

　（　⑤　）、時間をうまく使うには、自分であれこれと試しながら、こうしたほうが能率が上がる、これは時間のムダだ、ということを知っている必要がある。自分で試しつつ、どうやったら時間の密度を上げられるか、何がムダで何がムダでないかを判断できるようになれば、時間を増やすことができるようになる。そして、一度こういう能力を身につけておけば、一生、時間をうまく使える人になれるのである。

（和田秀樹『まじめすぎる君たちへ』講談社による）

注1　おおむね：だいたい　　　　　　　注2　とうてい：とても
注3　勉強量をこなす：効果的にたくさん勉強する
注4　浮上する：うかぶ　　　　　　　　注5　一見：ちょっと見ると
注6　効用：役に立つところ　　　　　　注7　アップする：あがる

76. ①「なかなかできるものではない」とあるが、何ができないのか。

　A. 寝ないで楽しいことをすること

　B. 楽しいことをするための時間を作ること

　C. 寝るための時間を作って、勉強もすること

　D. 寝る時間を減らして、勉強の時間を作ること

77. ②「あたり前のように過ごしているムダな時間」とあるが、ここでの「ムダな時間」とはどのような時間か。

   A. 睡眠時間   B. 食事や入浴の時間

   C. 目標に関係のない時間   D. 大学に入るために勉強する時間

78. 筆者は③「時間の密度を上げる」ことについて、どのように述べているか。

   A. 時間的に多く勉強する人の時間の密度は低い。

   B. 短い時間で多くの量をこなす場合、その時間の密度は高い。

   C. 何倍ものスピードで人と同じ量をこなす人の時間の密度は低い。

   D. 長い時間をかけて、いつもと同じ勉強量をこなす場合、その時間の密度は高い。

79. ④「一見ムダに見える時間の効用」の説明として、合うものはどれか。

   A. テレビを1時間見ることで、情報量が増えること。

   B. 遊びや投資の情報を得ることで、能率が上がること。

   C. 恋人と電話で話すことで、会う時間が節約できること。

   D. 遊びをすることで、かえって勉強の集中力が高まること。

80. （ ⑤ ）に入る最も適当な言葉はどれか。

   A. つまり   B. それが   C. または   D. ところが

81. 筆者の主張と最も合うものはどれか。

   A. 時間の密度を上げる努力をするよりも、ムダな時間を減らした方が能率が上がるはずだ。

   B. 時間をうまく使えるようになるには、自分でいろいろやってみて、その時間がムダかどうかを判断する能力を身につけなければならない。

   C. 時間をうまく使えるようになるには、ゆっくりとあせらず、自分のペースで好きなことからやることが重要だ。

   D. 「できる」人のように、短い時間でより多くの勉強量をこなすには、投資の時間を減らす必要がある。

【文章2】

  部下に対して、ほめた方がいいのか、叱かった方がいいのか、心理学的に言ってどちらが効果的か、などと質問されることがある。部下の扱い方というものはなかなか難し

いので、心理学の知恵によって、よい方法を知りたいと思われるのであろう。ほめると
つけ上がる（注1）、叱るとシュンとして（注2）何もしなくなる、一体どうしたらいいのか、
などと言われる人もある。

　心理学者で、①このような疑問を解くために実験をした人がある。グループを三つに
分けて、どれにも同じような単純な仕事を与え、終わった後で第1のグループは結果の
いかんにかかわらず（注3）、「よくできた」とほめる。第2のグループは全員に対して、「もっ
とできるはずだと思っていたのに」と叱る。第3のグループは、ほめも叱りもしない。
そうして翌日はまた似たような課題を与え、前日よりどの程度進歩したかを見る。そう
すると、二日目は叱ったグループが一番よく進歩し、次はほめたグループ、何も言わな
かったグループ、ということになる。

　ところが②おもしろいことに、これを続けてゆくと、ほめるグループは進歩の上昇率
が高く、叱るグループを抜いてしまうのである。人間は叱られると、一度は頑張るが、
あまり続くと——それでも上昇するのだが——上昇率はそれほどでもなくなる。何も言
われないグループは前二者に比べると上昇率は一番よくない。つまり、何も言わないの
に比べると、叱ってばかりいる方がまだまし（注4）だ、というわけである。

　この実験結果から、（　③　）と良いと結論するのは、少し性急（注5）すぎるようである。
この実験は単純な課題に対して行なったので、課題の種類によっては結論が異なるかも
知れない。それに、この実験には、（　④　）、というグループは含まれていない。お
そらく、正解は「適切にほめ、適切に叱る」のが一番良いということになろうが、この
適切にというところが、実際にどうするのか誰しも（注6）解わからないのが困るところ
である。

（河合隼雄『働きざかりの心理学』による）

注1　つけ上がる：本来の自分より優れていると思い込む。
注2　シュンとする：元気をなくしてがっかりする。
注3　結果のいかんにかかわらず：結果に関係なく
注4　まだまし：どちらかというと、その方がいい。
注5　性急：決めるのが早い。
注6　誰しも：だれも。

82.　①「このような疑問」とあるが、どのような疑問か。
　　A. 部下にどのような仕事をさせるのが適当かという疑問
　　B. 部下は、ほめた方が効果的か叱った方が効果的かという疑問
　　C. 心理学者は、部下をどのように叱かっているのかという疑問
　　D. 心理学の知恵によって部下の扱い方がわかるかという疑問

83. ②「おもしろいことに」とあるが、何を指して面白いと言っているか。

    A. 叱ったグループの方がほめたグループより進歩したこと

    B. 叱ったグループもほめたグループも結果的には同じように進歩したこと

    C. 何も言わなかったグループが三つのグループの中で一番進歩しなかったこと

    D. 初めは叱ったグループが一番進歩したが、その後ほめたグループに抜かれたこと

84. （　③　）に入る最も適当な言葉はどれか。

    A. ほめてばかりいる　　　　　　　　B. 叱ってばかりいる

    C. 何も言わないでいる　　　　　　　D. ほめたり叱ったりしている

85. （　④　）に入る最も適当な言葉はどれか。

    A. いつも叱る　　　　　　　　　　　B. いつもほめる

    C. ほめたり叱ったり　　　　　　　　D. ほめも叱りもしない

第二部分

七、次の文を完成しなさい（解答は解答用紙に書きなさい）。（1 × 10 ＝ 10 点）

86. 新しい電子レンジはいろいろな機能がついていかにも＿＿＿＿＿＿＿＿＿＿＿＿。

87. 二人は好き合っているのだが、親同士の仲が悪いばかりに、＿＿＿＿＿＿＿＿＿＿。

88. 彼は、一方では女性の社会進出は喜ぶべきことだと言い、他方では、＿＿＿＿＿＿。

89. 私が聞いている限りでは、＿＿＿＿＿＿＿＿＿＿＿＿＿＿＿＿＿＿＿＿＿＿＿＿＿。

90. 民主主義の原則から言えば、＿＿＿＿＿＿＿＿＿＿＿＿＿＿＿＿＿＿＿＿＿＿＿＿。

91. 雨であろうと、雪であろうと、＿＿＿＿＿＿＿＿＿＿＿＿＿＿＿＿＿＿＿＿＿＿＿。

92. 学生数が増えるのにともなって、＿＿＿＿＿＿＿＿＿＿＿＿＿＿＿＿＿＿＿＿＿＿。

93. 試験終了のベルが鳴ったとたんに、＿＿＿＿＿＿＿＿＿＿＿＿＿＿＿＿＿＿＿＿。

94. そんなにテレビばかり見ていては、＿＿＿＿＿＿＿＿＿＿＿＿＿＿＿＿＿＿＿＿。

95. 病気になってはじめて、＿＿＿＿＿＿＿＿＿＿＿＿＿＿＿＿＿＿＿＿＿＿＿＿＿＿。

八、次の要領で解答用紙に作文をしなさい。（15 点）

題　　　目：インターネットと私たちの生活

注意事項：1. 文体：常体；

            2. 字数：350 ～ 400；

            3. 文体が違った場合、字数オーバーまたは不足の場合は減点になる。

大学日本語専攻生四級能力試験模擬テスト（二）

（試験時間：160分）
注意：解答はすべて解答用紙に書きなさい。

第一部分

一、聴解（1 × 20 ＝ 20 点）

二、次の文の下線をつけた単語の正しい読み方や漢字を後のA、B、C、Dの中から一つ選びなさい。（1 × 10 ＝ 10 点）

21. 険しい山の中で鉄橋をかける工事が行われている。
    A. あやしい　　　B. くわしい　　　　C. けわしい　　　　D. ひとしい

22. 歌舞伎は日本を代表する芸能の一つである。
    A. きのう　　　　B. ぎのう　　　　　C. けいのう　　　　D. げいのう

23. この国の平均寿命は 1985 年から 17 年連続してのびている。
    A. じゅみょう　　B. じゅめい　　　　C. じゅりょう　　　D. じゅれい

24. へやの隅に置いてある机にペンキを塗ってください。
    A. とって　　　　B. ぬって　　　　　C. はって　　　　　D. ほって

25. この説は誤りだと仮定してみよう。
    A. あやまり　　　B. いつわり　　　　C. こだわり　　　　D. さだまり

26. 欠点が見つかった場合、それをおぎなう方法を考えるべきだ。
    A. 捕う　　　　　B. 浦う　　　　　　C. 補う　　　　　　D. 舗う

27. ここはパイロットの教育と訓練にはさいこうの環境だ。
    A. 最古　　　　　B. 最好　　　　　　C. 最後　　　　　　D. 最高

28. ここはおいこし禁止の区域です。

    A. 追い越し   B. 追い超し   C. 遣い越し   D. 遣い超し

29. 谷の底から発見された鉱物は、たいへんめずらしいものらしい。

    A. 妙しい   B. 珍しい   C. 貴しい   D. 稀しい

30. お湯がわいたら、そこに薄く切った肉を入れてください。

    A. 熱いた   B. 蒸いた   C. 溶いた   D. 沸いた

三、次の文の＿＿＿に入れる最も適切な言葉を、後の A、B、C、D から一つ選びなさい。(1 × 15 = 15 点)

31. 人間は言葉による＿＿＿＿＿＿を行う動物である。

    A. コミュニケーション   B. オートメーション

    C. コレクション   D. ファッション

32. ＿＿＿＿＿＿の高い料理を食べすぎると太る。

    A. ビタミン   B. パーセント   C. カロリー   D. メーター

33. 子どもたちはその日がくるのを＿＿＿＿＿を長くして持っていた。

    A. 耳   B. 首   C. 手   D. 心

34. ちょっと席をはなれた＿＿＿＿＿に荷物を盗まれてしまった。

    A. あき   B. さき   C. すき   D. わき

35. 税金を＿＿＿＿＿のは、国民の義務である。

    A. あずける   B. すませる   C. かぞえる   D. おさめる

36. 夕べは＿＿＿＿＿したので、けさは眠くてしかたがない。

    A. 深夜   B. 徹夜   C. 夜行   D. 夜明

37. 弱点を＿＿＿＿＿して、オリンピック選手に選ばれた。

    A. 修正   B. 修理   C. 回復   D. 克服

38. 川野さんは＿＿＿＿人だ。おもしろいことを言ってよくみんなを笑わせる。
    A. あいまいな　　B. いだいな　　　　C. みごとな　　　　D. ゆかいな

39. ただの風邪だと思うけど、＿＿＿＿病院にいったほうがいいよ。
    A. きっと　　　　B. わざわざ　　　　C. いちおう　　　　D. どうせ

40. 「あれ、小林さんは？」
    「小林くんなら、＿＿＿＿帰りましたよ。」
    A. とっくに　　　B. さらに　　　　　C. いまに　　　　　D. どこかに

41. 台風の接近にともない、夜になって雨や風が＿＿＿＿強くなってきました。
    A. しだいに　　　B. せっせと　　　　C. ばったり　　　　D. ちかぢか

42. いやだと言っても、＿＿＿＿もうやめられないよ。
    A. いったん　　　B. いまさら　　　　C. いまだに　　　　D. たまたま

43. レポートは手書きでもいい。＿＿＿＿、きれいに書くこと。
    A. それに　　　　B. ただし　　　　　C. だって　　　　　D. そのうえ

44. 田中さんは毎回予習を＿＿＿＿やってくるまじめな学生だ。
    A. ふたたび　　　B. そんなに　　　　C. ちゃんと　　　　D. かわりに

45. 「このたび国へ帰ることになりました。長い間＿＿＿＿。」
    A. おかげさまで　　　　　　　　B. おじゃましました
    C. おせわになりました　　　　　D. おまちどおさま

四、次の文の＿＿＿に入れる最も適切なものを、後のA、B、C、Dから一つ選びなさい。（1 × 15 ＝ 15 点）

46. ホテルを予約していた＿＿＿＿を、すっかり忘れていた。
    A. の　　　　　　B. に　　　　　　　C. で　　　　　　　D. と

47. 私は子どものころ、大きくなったら世界一周旅行をしたい＿＿＿＿だと思っていた。
    A. はず　　　　　B. こと　　　　　　C. わけ　　　　　　D. もの

48. 体育大会_____前に、選手たちは練習に励んでいる。
    A. で   B. は   C. が   D. を

49. 今日_____10日間も雨が降り続いている。
    A. から   B. は   C. で   D. が

50. 一人_____、夜道を歩くのはやめなさい。
    A. ぐらいで   B. きりで   C. などで   D. ばかりで

51. あなた_____、私の気持ちが分かるもんですか。
    A. なんかに   B. だけに   C. こそ   D. さえ

52. 詳細はお目にかかった_____、お話します。
    A. なかで   B. うえで   C. そとで   D. もとで

53. あの患者は重い病気のため、一人では食事_____。
    A. せずにはおかない   B. せしめるほどだ
    C. だにとっている   D. すらできない

54. あの大統領は庶民性を備えているが_____、人気を集めているという。
    A. ゆえに   B. くせに   C. だけに   D. のみに

55. よく考えてみると、この事件の背後になにか複雑な事情が_____。
    A. あるそうだ   B. ありそうだ   C. あることだ   D. あるまい

56. 彼はタクシー運転手_____、道を知らない。
    A. にしては   B. にすると   C. にすれば   D. にするに

57. 授業中だったが、先生の顔がおかしくて、笑わずに_____。
    A. おわらなかった   B. ありえなかった
    C. いられなかった   D. とまらなかった

58. 趣味もいろいろある。洗濯の好きな人も_____、料理が趣味という人もいる。
    A. いると   B. いても   C. いれば   D. いたら

59. 席に着くが＿＿＿＿堂々と漫画を開くようになった。
　　A. すると　　　　　B. なり　　　　　C. やいなや　　　　D. 早いか

60. はっきり分かりませんが、お巡りさんに＿＿＿＿ください。
　　A. お聞きして　　　　　　　　　B. お聞きになって
　　C. おっしゃって　　　　　　　　D. うかがって

五、次の文章の[　]に入る最も適切な言葉を、後の A、B、C、D から一つ選びなさい。（1 × 10 ＝ 10 点）

　私たちの時間の感覚は、人によって、また立場によって[　61　]違います。電話でよく「少々お待ちください」と言って待たされます。3 分待たされたとしますと、待った人の感覚ではその 3 倍、9 分ぐらい待たされた気がします。この時、[　62　]方は実際が 3 分でも、その 3 分の 1 の 1 分ぐらいにしか感じないのです。つまり待たせた人と待たされた人の時間感覚の差は 9 倍にもなるのです。そのことをよく承知した[　63　]「お待たせいたしました」を言わないと、お客さまを不快にさせる[注1]ことになります。

　本来、時間に対する日本人の感覚は、きわめて[注2]神経質[注3]だと言われます。交通機関のダイヤ[注4]の正確さなどにもそれがよく表れています。

　[　64　]、その反面、日本語の中にはきわめて曖昧に時間を伝えることばが数多くあります。「しばらくお待ちください」「のちほどお電話さしあげます」「まもなく着くと思います」「少々時間をください」などの言い方は日常的によく使われています。

　応対の中で「のちほどこちらからお電話さしあげます」と言った数人の人に、「「のちほど」というのは何分ぐらいの時間に使いますか？」と尋ねたことがあります。[　65　]ことに答えは千差万別[注5]です。2、3 分、10 分、15 分、30 分ぐらい、1 時間、2、3 時間、その日のうち、最大 1 週間以内と答えた人もいます。[　66　]、「のちほど」と言われた相手の客も「のちほどって何分後ですか」と聞き返す人は皆無[注6]に近いのです。「では、よろしくお願いします」で終わってしまいます。

　（中略）

　「のちほど電話すると言ったから、出かけないで待っている[　67　]かかってこないじゃないか」と苦情になったこともあります。

　きちんと時間のメド[注7]を言う人も、もちろんいます。時間のメドが立たない時に、「のちほど」という曖昧で便利なことばを使うのでしょう。しかし、メドが立たない場合でも、「担当がただ今席を外し[注8]ておりますので、何分後というはっきりしたお約束が[　68　]。申し訳ございません」と、はっきり言えない理由をことばで伝えてください。

[　69　]、メドが立つ場合でも、10分後と思ったら「20分後ぐらいまでにはお返事できると思います」。30分後と思ったら「1時間以内には…」というように、多めの時間を伝えてください。人間の心理として、「30分後」と言われても20分後ぐらいから待ち始めます。25分も経つと［　70　］が始まります。30分後に正確に返事ができたとしても、あまり満足感はないのです。それが「1時間以内には」と伝えておけば、30分後に返事がくれば「早く調べてくれたな」と思って満足してくれるものです。

（岡部達昭『心くばりの話しことば』による）

注1　不快：いやな気持ち。
注2　きわめて：とても。
注3　神経質：こまかいことまで心配する性質。
注4　交通機関のダイヤ：バスや電車などの出発・到着時刻。
注5　千差万別：種類が多く、違いもいろいろあること。
注6　皆無：まったくないこと。
注7　メド：だいたいの見当。
注8　席を外す：自分の席を離れる。

61.　A. とても　　　　B. だいたい　　　C. かなり　　　　D. そんなに
62.　A. 待たせた　　　B. 待たされた　　C. 待った　　　　D. 待たれた
63.　A. あとで　　　　B. うえで　　　　C. まえに　　　　D. うちに
64.　A. ところで　　　B. ただし　　　　C. そして　　　　D. ところが
65.　A. 驚いた　　　　B. 悲しい　　　　C. 嬉しい　　　　D. 残念な
66.　A. それから　　　B. しかし　　　　C. それなのに　　D. そして
67.　A. のに　　　　　B. ので　　　　　C. から　　　　　D. のだから
68.　A. できます　　　B. できかねます　C. できやすい　　D. できうる
69.　A. あるいは　　　B. しかし　　　　C. また　　　　　D. それで
70.　A. イライラ　　　B. ドキドキ　　　C. ウロウロ　　　D. ブラブラ

六、読解問題
問題一、次の各文章を読んで、後の質問に答えなさい。答えはそれぞれA、B、C、Dの中から最も適切なものを一つ選んで、解答用紙のその番号に印をつけなさい。（1 ×
　　　　5 ＝ 5点）

【文章1】
　　自分の気持ちを言葉にしてみぢかな^(注1)人に話しかけるとき、抽象的な表現をしても、相手には何のことかピンと来ない^(注2)ことが多いはずです。<u>言いたいことは常に具体</u>

的に（　①　）。これが大切です。

　どうしても伝えたいことがある。しかし、わかりやすく表現できない。そんなときは、伝えたい内容を示す具体的な例はないかな、と考えてみるのです。

（中略）

　あなたに誰かが話しかけてきたと考えてください。このとき、あなたが知っている人の名前や、行ったことがある土地の名前が出てくると、思わず話に引き込まれる^(注3)ことがあるはずです。聞いたこともない国の地名が出てきて、その国が抱える問題点を聞かされても、「だから、どうしたの？」と②聞き返したくなるかもしれません。

　③会話は、相手が参加してくれてこそ成立します。だったら、相手を話題に引き込む材料が必要です。それが、具体例なのです。あるいは、お互いがよく知っている固有名詞なのです。

（池上彰『相手に「伝わる」話し方』講談社による）

注1　みぢかな：自分に関係が深い。

注2　ピンとこない：すぐには分からない。

注3　話に引き込まれる：話に興味を感じて聞く。

71. ①「言いたいことは常に具体的に」の後ろに続くと予測されるものはどれか。

　　A. 話さなくてもいい。　　　　　　　　B. 表さなければならない。

　　C. 思い出すかもしれない。　　　　　　D. わかるようになるだろう。

72. ②「聞き返したくなる」のはなぜか。

　　A. 自分の話す内容に相手は関心がないから。

　　B. その国の話題について自分は興味があるから。

　　C. その話は自分にはあまり関心がないことだから。

　　D. 相手が関心のない話題に自分も興味がないから。

73. ③「会話は、相手が参加してくれてこそ成立します」とはどういう意味か。

　　A. 会話の相手が話したいと思わなければ、会話はできない。

　　B. 相手が身近な人なら話題に引き込まれて会話ができる。

　　C. 会話の相手によって話し方を変えていては、会話はできない。

　　D. 会話の相手は具体例がなくても会話に参加することができる。

【文章２】

　　首都圏^(注1)在住で4～9歳の子を持つお母さん500人を対象に実態調査をしたところ、子どもたちは年平均4.6回風邪をひき、10回以上風邪をひく子が1割以上いることがわかった。

　　「今の子どもは、あなたの子どものころと比べて、風邪をひきやすくなったと感じるか」という問いに対して半数以上が「今の子どもの方がひきやすい」と答え、原因として「外で遊ばなくなったから」「食生活の変化」「体力の減退」などを挙げた。

　　子どもが風邪をひいた時の夫の対応は、「協力的だ」が6割を超えた。夫に協力してほしいこととしては「早く帰宅して」「他の子どもの世話をして」「自分の身の回りのことは自分でして」という回答が多く、「看病してほしい」というのは1割ほど。父親には、看病する能力をあまり期待していないようだ。

（『サイアス』2000年3月号朝日新聞社による）

注1　首都圏：東京とその周辺の地域

74.　母親は、今の子どもについてどう思っているか。
　　A. 風邪をひいたときでも外で遊びたがる。
　　B. 自分の身の回りのことは自分でできる。
　　C. 母親が子どもだったころより体力がある。
　　D. 母親が子どもだったころより風邪をひきやすい。

75.　子どもが風邪をひいたとき、多くの母親は、夫にどうしてほしいと考えているか。
　　A. 自分自身のことは自分でしてほしい。
　　B. 家族のために料理や家事をしてほしい。
　　C. 風邪をひいた子どもの世話をしてほしい。
　　D. 子どものことは心配しないで仕事をしてほしい。

問題二、次の文章を読んで、後の質問に答えなさい。答えはそれぞれ A、B、C、D の中から最も適切なものを一つ選んで、解答用紙のその番号に印をつけなさい。（1 × 10 ＝ 10 点）

【文章１】

　　①子供の授業参観^(注)に行って驚いたことがあります。先生が、ある問題について「どう思いますか」と質問すると、生徒たちが手をあげ、指された生徒が答えた。次に、「ほかの人は」と先生がきくと、またみんなが手をあげ、別のだれかを先生が指します。すると、その生徒がさっきの生徒と同じことを答えたのです。そうやって次々に何人もの

生徒がみんな同じ答えをしました。これには私、びっくりしました。同じ答えなら言わなくてもいいのにと思うのですが、先生は②それを期待しておられるようでした。むしろ、別の答えが出てくると困ってしまうのかもしれません。

　しかし、無理しても別な答えを出すこと、あるいは人と同じことは言わないことが、大事だと私は思います。クラスが40人いたら40通りの答えがあるべきです。先生には、「（　③　）」と聞いてほしかった。そして、もし出てきた別の答えが間違っていても、「それはおもしろいね」とまずほめて、「しかし、ここの部分は考え直してみたらどうでしょう」とか、「ここに無理があるかもしれない」と、言っていただけたらと思いましたね。

（山本毅雄『21世紀の本の読み方』による）

注　授業参観：教室に入って授業を見学すること

76. ①「子供の授業参観に行っておどろいたこと」とあるが、筆者は何に驚いたのか。
　A. 最初に指された生徒の答えが正しかったこと。
　B. 先生の質問に生徒が次々に同じ答えを言ったこと。
　C. 先生の質問に生徒が手をあげて1人ずつ答えたこと。
　D. 最初に答えた生徒と違う答えをする生徒に先生が困ったこと。

77. ②「それ」は何を指すか。
　A. 生徒がみんな同じ答えを言うこと。
　B. 生徒がみんな違う答えを言うこと。
　C. 他の生徒と同じ答えの時は手をあげないこと。
　D. 他の生徒と違う答えの時は手をあげないこと。

78. （　③　）に入る最も適当なものはどれか。
　A. 別の答えはありませんか。
　B. だれの答えが正しいですか。
　C. 同じ答えの人はいませんか。
　D. まだ答えていない人はいませんか。

79. 筆者は学校の先生にどうしてほしいと思っているか。
　A. 生徒が間違った答えを出したらすぐ直してほしい。
　B. 生徒に人と違う答えを出すことをすすめてほしい。
　C. 生徒の答えが他の生徒と同じ答えでもほめてほしい。

D. 生徒に正しい答えだと思った時だけ答えるように言ってほしい。

【文章2】

数学に関してぜひとも言っておきたいことがあります。

数学が嫌いな人が多い理由の一つは、数学はできるかできないかがはっきりしているためです。できないとどうしても嫌いになるのです。そこで、ぼくがどうやって数学を勉強したか、それについて話をします。

ぼくは、14歳のとき、夏休みにずっと親の別荘にいて、昼間ずっと数学の問題を解いていました。数学の分厚い問題集の中の問題を解く。①これはけっして日本人ができないことではありません。ただし、日本人の多くの学生は、問題をちょっとだけ考えて、すぐできればいいけれども、できなかったらすぐに解答のページをめくって(注1)「ああ、なるほど」と納得して、つぎの問題に移るのです。②これではダメです。（中略）それでは頭の中に残りません。自分にとっては、どちらかというと失敗の体験なのです。問題は解けなかった。解答を見てわかったけれども、解かなかったのです。

ぼくはそうではありませんでした。ぼくは問題は自分の力で解くべきだと考えて、それを断固(注2)実行したのです。5分や10分でできた問題もあれば、30分も1時間もかかった問題もよくありました。1時間でもできない問題の場合には、ぼくはベッドの下の引き出しに入りました。横になってふたを下ろすと、まったく暗闇(注3)の中です。その身動きができない状態で数学の問題を考えたのです。

ぼくは、問題が解けないかぎり、ここから出ないと決心しました。頭の中では数学の問題をずっと考えて、そして結局、解けたのです。さもなければ、いまごろはミイラ(注4)になっているでしょう。

③そんな悠長な(注5)ことはしていられない。自分が一つの問題を5時間も考えているうちに、ほかの人は20問も答えがわかってしまう。それでいいのだろうかと思う人がいるでしょう。でもちがうのです。

問題を自分の力だけで解いてしまうことができた。「やった！」と、大きな喜びを感じられます。そして、数学にもっと興味が湧いてくるのです。数学はおもしろいな、楽しいなと思えるのです。簡単な問題でもいい。それを自分の力で解くことによって、興味がつぎつぎに湧いてくるものです。それはポジティブ(注6)な記憶になります。ポジティブな記憶は、頭の中に残るのです。

逆に、解答を見て20問がわかったとしても、「結局できなかった」と虚しさ(注7)が残るだけなのです。この記憶はネガティブ(注8)な記憶ですから、脳が忘れてしまうのです。

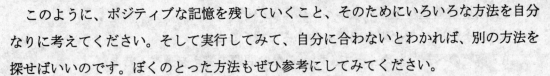

　このように、ポジティブな記憶を残していくこと、そのためにいろいろな方法を自分なりに考えてください。そして実行してみて、自分に合わないとわかれば、別の方法を探せばいいのです。ぼくのとった方法もぜひ参考にしてみてください。

　　　　　（ピーター・フランクル『ピーター流らくらく学習術』岩波書店による）

注1　ページをめくる：ページをあける。

注2　断固：何があっても絶対に。

注3　暗闇：真暗なところ。

注4　ミイラ：人間や動物の死体が乾いて固まったもの。

注5　悠長な：のんびりした。

注6　ポジティブ：積極的、肯定的。

注7　虚しさ：満足感がないこと。

注8　ネガティブ：否定的。

80.　筆者は、数学が嫌いな人が多いのはなぜだと言っているか。

　　A．できるまでに長い時間がかかるから。

　　B．できてもできなくてもかまわないから。

　　C．できるかできないかのどちらかだから。

　　D．できるかできないかがよくわからないから。

81.　①「これ」とはどのようなことか。

　　A．親と一緒に数学の分厚い問題集の中の問題を解くこと。

　　B．数学の問題をちょっと考えてすぐ解いてしまうこと。

　　C．夏休みに昼間ずっと親の別荘にいること。

　　D．数学の問題集にある問題を解いていくこと。

82.　②「これではダメです」とあるが、どうしてダメなのか。

　　A．問題が多すぎて頭の中に残らないから。

　　B．解答を見ても納得できず、解かなかったから。

　　C．問題が解けなかったという失敗の体験になるから。

　　D．解答をみて解き方が失敗だということがわかったから。

83. ③「そんな悠長なこと」とはどんなことか。

    A. 5分や10分で出来る問題をたくさん解くこと。

    B. 解答のページをめくって、わからない問題の答えを調べること。

    C. ベッドの引き出しの中で身動きもせず横たわっていること。

    D. 問題が解けるまでずっと何時間も考えつづけること。

84. 記憶について、筆者が述べていることと合っているものはどれか。

    A. ネガティブな記憶は、頭の中に長くとどまらない。

    B. ポジティブな記憶は、ネガティブな記憶ほど残らない。

    C. ネガティブな記憶は、いやな体験として長く記憶される。

    D. ポジティブな記憶は、長い時間をかけて初めて得られる。

85. この文章で筆者が言いたいことはどれか。

    A. 数学は、時間がかかっても数多く問題を解くことにより、興味がわいてくる。

    B. 数学は、簡単な問題から解き始めることにより、楽しくなり興味がわいてくる。

    C. 数学は、時間がかかっても自分の力で問題を解くことにより、興味がわいてくる。

    D. 数学は、解答を見て解き方を得することにより、理解が深まり興味がわいてくる。

第二部分

七、次の文を完成しなさい（解答は解答用紙に書きなさい）。(1 × 10 ＝ 10 点)

86. 急に空が暗くなったかと思うと、＿＿＿＿＿＿＿＿＿＿＿＿＿＿＿＿＿＿＿＿。

87. 人の一生にはいい時もあれば、＿＿＿＿＿＿＿＿＿＿＿＿＿＿＿＿＿＿＿＿＿。

88. この番組は、北京から東北地方、南方にいたるまで、＿＿＿＿＿＿＿＿＿＿＿＿。

89. 薬を飲んでいるが、熱は一向に＿＿＿＿＿＿＿＿＿＿＿＿＿＿＿＿＿＿＿＿＿。

90. 成績があまりよくない田中さんときたら、＿＿＿＿＿＿＿＿＿＿＿＿＿＿＿＿＿。

91. 痩せようと思ってジョギングを始めたが、食欲が出て、痩せるどころか＿＿＿＿＿。

92. あれだけ練習してもうまくならないのは、＿＿＿＿＿＿＿＿＿＿＿＿＿＿＿＿＿。

93. 規則で禁止されているにもかかわらず、＿＿＿＿＿＿＿＿＿＿＿＿＿＿＿＿＿＿。

94. そちらは、寒い日が続いているとのことですが、＿＿＿＿＿＿＿＿＿＿＿＿＿＿＿。

95. 国の経済力の発展とともに、＿＿＿＿＿＿＿＿＿＿＿＿＿＿＿＿＿＿＿＿＿＿＿。

八、次の要領で解答用紙に「お礼の手紙」を作成なさい。（15 点）

注意事項：1. 手紙のフローチャート：

①始めのあいさつ

↓

②お礼の具体的な内容

↓

③終わりの挨拶

2. 手紙の中に出る人物は、相手を趙さんにし、自分を李彬にすること；

3. 文体：丁寧体；

4. 字数：350 ～ 400；

5. 文体が違った場合、字数オーバーまたは不足の場合は減点になる。

大学日本語専攻生四級能力試験模擬テスト（三）

（試験時間：160 分）
注意：解答はすべて解答用紙に書きなさい。

第一部分

一、聴解（1 × 20 ＝ 20 点）

二、次の文の下線をつけた単語の正しい読み方や漢字を後の A、B、C、D の中から一つ選びなさい。（1 × 10 ＝ 10 点）

21. 比喩とは物事を、それと共通項のある別の物事に置き換えて表現する<u>しゅほう</u>である。
    A. 手法　　　　　B. 首方　　　　　C. 手方　　　　　D. 首法

22. みんなが少年の<u>みごと</u>な縦笛演奏に心を打たれました。
    A. 見仕　　　　　B. 見事　　　　　C. 見方　　　　　D. 身内

23. <u>まいご</u>の犬や猫をお探しの方はこちらにご連絡ください。
    A. 迷惑　　　　　B. 迷子　　　　　C. 迷供　　　　　D. 迷路

24. 当店は 100 円以下の紅茶やジャスミン茶なども<u>あつかって</u>います。
    A. 取って　　　　B. 預かって　　　C. 扱って　　　　D. 揃って

25. メラニン色素は、小麦色の日に<u>やけた</u>健康的な肌などをつくるそうだ。
    A. 妬けた　　　　B. 焼けた　　　　C. 避けた　　　　D. 退いた

26. 法律もすべて<u>憲法</u>をもとにしてつくられています。
    A. けんほう　　　B. せんほう　　　C. げんぽう　　　D. けんぽう

27. 財布を拾ったので<u>速やか</u>に交番に届けた。
    A. はややか　　　B. すみやか　　　C. おだやか　　　D. はなやか

28. 世の中の流れに押し流されないよう頑張ります。
    A. よのなか　　　B. せのなか　　　　　C. せいじゅう　　D. せいのなか

29. 他人の考えを理解し、多様な価値観を受け入れる力を養います。
    A. したがい　　　B. うたがい　　　　　C. うしない　　　D. やしない

30. あの町は著しく栄え、その収益で潤っているらしい。
    A. ちょしく　　　B. はげし　　　　　C. いちじるしく　D. すばらしく

三、次の文の___に入れる最も適切な言葉を、後のA、B、C、Dから一つ選びなさい。（1 × 15 ＝ 15 点）

31. 急に言われても、私はすぐには返事ができないので、しばらく一人で考えさせて＿＿＿＿＿。
    A. いただけませんか　　　　　　　　B. あげませんか
    C. やりませんか　　　　　　　　　　D. いただきませんか

32. 今日は、両親に＿＿＿＿＿わたしがごあいさつに伺いました。
    A. かえて　　　　B. かえられて　　　C. かわって　　　D. かわられて

33. この絵を＿＿＿＿＿お喜びになるでしょう。
    A. お目にかかれば　　　　　　　　　B. お目にかけたら
    C. お目に止まったら　　　　　　　　D. お見えになると

34. 激しい雨に＿＿＿＿＿風もひどくなってきたようだ。
    A. かぎって　　　B. きわめて　　　　C. くわえて　　　D. さいして

35. 電車の中で出会った子供のマナーがあまりにもひどいので、見＿＿＿＿＿口を出してしまった。
    A. つめて　　　　B. かねて　　　　　C. とれて　　　　D. かぎって

36. あの人は外国人であることをぜんぜん＿＿＿＿＿ほど日本語が上手だ。
    A. 感じさせない　B. 感じられない　　C. 感じられる　　D. 感じさせる

37. もし_____のことがない限り、会議は予定通りに行います。
    A. およそ   B. よほど   C. よりに   D. さんざ

38. お父さんの靴だから、_____です。
    A. とぼとぼ   B. だぶだぶ   C. うきうき   D. どきどき

39. 弟が_____立ち上がって、外へ飛び出してしまった。
    A. もやもや   B. もっとも   C. わずかに   D. いきなり

40. 中華料理と違って、日本料理は_____しているようだ。
    A. しっかり   B. びっくり   C. あっさり   D. がっかり

41. 「昼ごはん食べないんですか。」
    「ええ、まだ_____。」
    A. 食べました   B. 食べません   C. 食べています   D. 食べていません

42. 「明日のパーティー行くの。」
    「うん、_____。」
    A. 行くね   B. 行くよ   C. 行くかい   D. 行くな

43. 彼は以前、テニスに夢中だったが、今はゴルフに_____子供が飛びでしてきたので、驚いた。
    A. けちをつける   B. おくれをとっている
    C. 熱を上げている   D. ものにしている

44. チームの_____に選ばれた。
    A. クラブ   B. キャプテン   C. ゴール   D. コンクール

45. 子供の教育のことを考えると_____。
    A. 頭を使う   B. 眉にしわを寄せる
    C. 頭がきれる   D. 頭が痛い

四、次の文の＿＿に入れる最も適切なものを、後のＡ、Ｂ、Ｃ、Ｄから一つ選びなさい。（1 × 15 ＝ 15 点）

46. 「これ、田舎で＿＿＿＿りんごです。すこしですが、どうぞ」
    A．とれる　　　　B．とれて　　　　　C．とれている　　D．とれた

47. わたしは、健康のために、一年ほど前から一週間に一回テニスをすることに＿＿＿＿。
    A．なっている　　B．している　　　　C．なった　　　　D．した

48. 「仕事の邪魔になると＿＿＿＿＿から、そろそろ失礼します。」
    A．しれない　　　B．みられない　　　C．いけない　　　D．ならない

49. どうも、彼は大阪の大学に入りたい＿＿＿＿。
    A．そうだ　　　　B．というおとだ　C．らしい　　　　D．かもしれない

50. 一度にこんなにたくさんの単語は、とても＿＿＿＿きれない。
    A．覚えて　　　　B．覚え　　　　　　C．覚えられ　　　D．覚える

51. 「学生が書いた文章＿＿＿＿、ちょっとでき過ぎてませんか。」
    A．なので　　　　B．としても　　　　C．にしては　　　D．にしても

52. ＿＿＿＿そうだとわかっていれば、絶対やらなかったと思う。
    A．はじめは　　　B．はじめて　　　　C．はじめが　　　D．はじめから

53. あの人には以前どこかであった＿＿＿＿気がします。
    A．ような　　　　B．そうな　　　　　C．ことの　　　　D．とする

54. タクシーなら1時間＿＿＿＿着くと思います。
    A．は　　　　　　B．に　　　　　　　C．で　　　　　　D．が

55. 自分で決めたことだからやれる＿＿＿＿と思った。
    A．べきだ　　　　B．はずだ　　　　　C．ようだ　　　　D．そうだ

56. 木村さんに会ってちゃんと話を＿＿＿＿＿＿どちらが正しいか決められない。

    A. 聞いてから出ないと　　　　　　　　B. 聞くまで出ないと

    C. 聞くべきでないと　　　　　　　　　D. 聞いていらいでないと

57. 出来るかどうかわからないが、皆で力をあわせて＿＿＿＿＿＿。

    A. やってみるはずではないか　　　　　B. やってみようではないか

    C. やってみないのではないか　　　　　D. やってみたところではないか

58. 姉の子供はまだ 5 歳なのに、＿＿＿＿＿＿で忙しい。

    A. ピアノこそ水泳こそ　　　　　　　　B. ピアノにせよ水泳にせよ

    C. ピアノさえ水泳さえ　　　　　　　　D. ピアノやら水泳やら

59. 忙しくて時間がなくても、仲のよい友達に頼まれたことだから、＿＿＿＿＿＿。

    A. したくてたまらない　　　　　　　　B. するというものだ

    C. せざるをえない　　　　　　　　　　D. するものではない

60. あれほど＿＿＿＿＿＿割には、やる気がないようですね。

    A. はりきった　　　　　　　　　　　　B. はりきっていた

    C. はりきらない　　　　　　　　　　　D. はりきっていなかった

**五、次の文章の [ ] に入る最も適切な言葉を、後の A、B、C、D から一つ選びなさい。（1
× 10 ＝ 10 点）**

  現在、活動を停止することは [61] 休息を意味しない。活動を停止するためには、
活動を停止するための活動が必要であり、それはしばしば、そのまま活動し続けるより
も、大いなる活動 [62] 可能性があるからである。今日では、いったん停止された
活動が、そのままの状態 [63] 持続されることは、ほぼ考えられないのだ。停止を
持続するために、絶えざる働きかけが必要であり、[64] その働きかけに要するエ
ネルギーは、停止期間が長引く [65] 増大する。[66] 多くの人人は、活動を
持続している期間よりも、それを停止している期間に、より大いなる疲労を引く受ける
[67]。

  言うまでもなく、[68] そうではなかった。活動は活動として独自に保証され、
その停止は停止として、これまた独自に保証されていたのである。活動が一つの状態
であれば、その停止もまた一つの状態であり、それらはそれぞれ別のものであった。

［ 69 ］現在、活動が一つの状態であるのは［ 70 ］、その停止は「非状態」として
しか確かめられなくなりつつあるのである。

　現在、多くの人人が、他から強制された活動停止の時間——いわゆる「待ち時間」を、
独自に体験することができなくなりつつあることにお気づきであろうか。

61. A. 必ずしも　　　　B. 必ず　　　　　　C. もちろん　　　　D. きっと
62. A. になる　　　　　B. となる　　　　　C. にする　　　　　D. とする
63. A. を　　　　　　　B. に　　　　　　　C. で　　　　　　　D. と
64. A. しかし　　　　　B. しかも　　　　　C. そこで　　　　　D. だが
65. A. だけ　　　　　　B. さえ　　　　　　C. ほど　　　　　　D. まで
66. A. したがって　　　B. ところで　　　　C. そのうえ　　　　D. すると
67. A. ことにしっている　　　　　　　　　B. ことにする
　　C. ことになっている　　　　　　　　　D. ことになる
68. A. 確かは　　　　　B. 必ずしも　　　　C. とてつも　　　　D. かつては
69. A. ところが　　　　B. ところに　　　　C. ところで　　　　D. ところを
70. A. とにかく　　　　B. ともかく　　　　C. なんとか　　　　D. なんともなく

六、読解問題

問題一、次の各文章を読んで、後の質問に答えなさい。答えはそれぞれ A、B、C、D の中
　　　　から最も適切なものを一つ選んで、解答用紙のその番号に印をつけなさい。（1 ×
　　　　5 ＝ 5 点）

【文章1】
　ある若いカップルが結婚し、人もうらやむほど幸せな日日を送っていました。結婚後
半年ほどして、男性が何の気なしに「犬でも飼いたいな」と口にしました。これを聞い
た女性のほうは「わたしは犬が嫌い、飼うなら猫よ。」と主張。それからの若夫婦は、
ことあるたびに犬か猫かで対立し、（　①　）相性^(注1)が合わないと②離婚してしまっ
たと言います。

　ある犬好きの人と猫好きの人に聞いた話ですが、犬は人間に隷属する傾向があり、ま
た、群れで獲物を追いかけるなど、団体行動を好むことが多いそうです。飼い主が海外
旅行などで家を留守にするときは、犬を友人のところに預けなければなりません。しか
し、預けられた犬は、その日からストレスかノイローゼ^(注2)で食事もほとんど食べなく
なります。

　反対に、猫は人になつかない独立型、単独行動で獲物を追いかけると言います。飼い
主が家を空けるときでも食欲がなくなることなく、普段と変わらないのです。

犬と猫の性質の違いが、そのまま、犬好き派と猫好き派の性格の違いになって表われてきているように思えます。当たっているかどうか、定か^(注3)ではありませんが、わたしの見たところ、猫好き派の人は、（　ア　）、一方、犬好き派は（　イ　）のではないでしょうか。

注1　相性：お互いの性格や気持
注2　ノイローゼ：神経症
注3　定か：確か

71.（　①　）に入る言葉はどれか。
　　A．めいめい　　　B．やっと　　　　　C．とうとう　　　D．みごとに

72.②「離婚してしまった」のはどうしてか。
　　A．男性が犬好きなことをかくしていたから。
　　B．男性が奥さんよりも犬の方が好きだと言ったから。
　　C．男性と女性は、お互いの性格が合わないと感じたから。
　　D．飼っていた犬と猫が喧嘩ばかりしたから。

73.（　ア　）（　イ　）に入る語句の組み合わせとして、正しいものはどれか。
　　A．ア：気力、活力、実行力に富み　　　イ：温厚で協調心に富んでいる
　　B．ア：気力、活力、実行力に富み　　　イ：温厚で協調心に欠けている
　　C．ア：温厚で協調心に富み　　　　　　イ：気力、活力、実行力に富んでいる
　　D．ア：温厚で協調心に欠けていて　　　イ：気力、活力、実行力に富んでいる

【文章2】
　　人生は人によって様々な姿をとる。しかし、誰もが一度必ず出会うのは「死」である。ところが、平和で長寿になった現代社会では、「死」ははるか彼方^(注1)のこととなり、日常生活からは忘れられた事柄となってしまった。中世、いや近世の人たちでも、死を日常的に目撃し、自ら死と隣り合わせて生活している実感を持っていた。だが、死は現代人である我々からは、姿を隠してしまった。日常生活の中に姿を現さないので、突然「死」の告知に当面すると、本人は（　　）、周囲の人たちまで取り乱してしまうこととなる。だが、考えてみれば、必ず訪れるこの「死」を忘れているところに、現代の病があるのではないであろうか。

注1　はるか彼方：遠い向こう

74.　（　　　）に入る言葉はどれか。
　　　A．とくべつ　　　　B．もちろん　　　　C．非常に　　　　D．しだいに

75.　筆者がこの文章で最も言いたいのはどのようなことか。
　　　A．平和で長寿になった現代社会はすばらしい。
　　　B．中世や近世の人たちは、死と身近であった。
　　　C．現代人は死の告知を非常に恐れている。
　　　D．現代では本来身近である死が忘れられていることが問題だ。

問題二、次の文章を読んで、後の質問に答えなさい。答えはそれぞれ A、B、C、D の中か
　　　　ら最も適切なものを一つ選んで、解答用紙のその番号に印をつけなさい。（1 × 10
　　　　＝ 10 点）

【文章1】
　　「定年になったら田舎へ帰って農業をしたい」などという人がいる。「都会は公害や騒
音で人間の住むところではない」などとも言うが、こういう人が田舎で暮らすようにな
る確率はきわめて^(注1)低い。
　　「子供の手が離れたらスペイン語を勉強したい」というような言葉も、あまり信用で
きない。もとろん実現する人もあるだろうが。<u>そういう人</u>は、あちらこちらで、そんな
話をして歩かないものだ。
　　一般に言って、「〇〇したいんだけど、今は××だからできない」という人は、いつ
までたっても何もしないという傾向がある。そういう人たちは、今、希望を述べること
が必要なのであって、それが実現できるかどうかは二の次^(注2)である。

注1　きわめて：とても
注2　二の次：後回し

76.　「<u>そういう人</u>」とはどんな人か。
　　　A．希望を実現させる人　　　　　　B．今は子供の世話で忙しい人
　　　C．スペイン語を勉強したい人　　　D．信用できない言葉を言う人

77.　この文章の内容とあっているものはどれか。
　　　A．将来〇〇したいと思っていても、実現しない場合が多い。
　　　B．今は××だから出来ないという人は、希望実現のためによく働く。

C. 今は出来ないがいつか〇〇したいと言う人は、本当に〇〇したいというわけではない。

D. 〇〇したいと希望を述べても実現できるとは限らない。

【文章２】

　地図に詳しく、旅慣れた人でも、はじめての土地はわかりにくい。旅に出れば必ず道を聞く必要に（　①　）。ことに旅慣れない人は、「この道をまっすぐ」と教えられても、しばらく歩いているうちに、「間違ったのではなかろうか」と不安になり、同じことを二度三度聞き返してしまう。

　道を教えるということは、なかなか難しい。こころみに、自分の家を始めてくる人に教える場合を考えてみるとよい。正確に教えたつもりでも、まっすぐには来られない人も多い。（　②　）、自分が教えてもらう側に立ったとき、③そのことを頭において聞くようにしたい。

　特に、風俗や習慣の異なる（　④　）である。「今度せがれが町のほうに勤めることになった田吾作さんとこの門を曲がり、昨年ぽちが死んだ伝兵衛さんの畑の裏を…」などと説明されても、⑤わかろうはずがない。これは、決して旅先ばかりの話ではないが、他人との話しに、つい自分の知識を元にして、相手もそれを知っていると言う前提条件で話を進めてしまう人が多い。

　（　⑥　）「ホテルの左側の道をまっすぐ進む」と聞いたとする。教えるほうが、「ホテルに向かって左側」のつもりで説明しても、「ホテルから見て左側」と判断したのでは、まるで反対の方向に進んでしまう。

　旅先で道を聞く場合、当然のことながら、普段より、誤解が生じやすい上、それが原因となり、大きな被害を受けることもある。じゅうぶんに、心を配りながら聞くようにすべきである。それにはまず、聞く相手を選んだほうがいい。

　自分となるべく（　⑦　）の通じ合えそうな人が適当だが、都合よくいかないことも多い。話しやすい人を選ぶよりしかたがなかろう。そのうえで、こちらの目的地をはっきり告げることである。

78. 文中に（　①　）にはどんな言葉を入れたらよいか。
　　A. せまる　　　　B. せまれる　　　C. せまられる　　　D. せまろう

79. 文中に（　②　）にはどんな言葉を入れたらよいか。
　　A. そこで　　　　B. そして　　　　C. しかし　　　　D. そのうえ

80. ぶんちゅうの③「そのこと」とは、何を指しているか。

    A. 道を教えるのはむずかしいということ。

    B. 正しい道を教えられて、そのとおりに行ける人もいる。

    C. 自分が教えてもらう側にたっている。

    D. 旅先では、風俗や習慣が異なること。

81. （ ④ ）のところにはどんな言葉を入れたらよいか

    A. 旅人　　　　　B. 旅先　　　　　C. 故郷　　　　　D. 旅行社

82. 文中の⑤「わかろうはずがない」に最も意味が近いのはどれか。

    A. わからないかもしれない

    B. けっしてわからない

    C. たぶんわからないだろう

    D. わかるわけではない

83. 文中の （ ⑥ ）にはどんな言葉を入れたらよいか。

    A. だから　　　　B. しかし　　　　C. ところで　　　　D. たとえば

84. 筆者は、道を聞くときどんなことに気をつけるべきだと言っているか。

    A. 同じことを2、3度聞き返すこと。

    B. 自分の知識を元に話し方をしないこと。

    C. 誤解が生じるような話し方をしないこと。

    D. 聞く相手をよく選ぶこと。

85. （ ⑦ ）のところにはどんな言葉を入れたらよいか

    A. 意識　　　　　B. 意思　　　　　C. 意志　　　　　D. 意気

第二部分

七、次の文を完成しなさい（解答は解答用紙に書きなさい）。（1 × 10 ＝ 10 点）

86. たとえ困難でも、＿＿＿＿＿＿＿＿＿＿＿＿＿＿＿＿＿＿＿＿。

87. あの元気な人が病気になるなんて、＿＿＿＿＿＿＿＿＿＿＿＿＿＿＿。

88. ＿＿＿＿＿＿＿＿＿＿＿＿＿＿＿＿＿＿＿＿＿、むしろしないほうがいい。

89. 品物が少ないので、値段が上がっているが、それにしても_____。

90. 健康診断で目が悪くなっていたので、_____。

91. _____ので、お礼の手紙を書いた。

92. 川に沿って5分も歩けば、_____。

93. まさかこんな結果になるとは_____。

94. 彼は_____、生かそうとしない。

95. 林さんは勉強ができる上に、_____。

八、次の要領で解答用紙に作文をしなさい。（15点）

題　　目：日本語の勉強

注意事項：1. 文体：常体；

　　　　　2. 字数：350 ～ 400；

　　　　　3. 文体が違った場合、字数オーバーまたは不足の場合は減点になる。

大学日本語専攻生四級能力試験模擬テスト（四）

（試験時間：160 分）
注意：解答はすべて解答用紙に書きなさい。

第一部分

一、聴解（1 × 20 = 20 点）

二、次の文の下線をつけた単語の正しい読み方や漢字を後の A、B、C、D の中から一つ選びなさい。（1 × 10 = 10 点）

21. 俺の朝の<u>にっか</u>は妹の制服のネクタイを結んでやることです。
　A. 日華　　　　B. 日貨　　　　C. 日課　　　　D. 日工

22. 2 年の時を<u>へだてて</u>二人は手紙のやり取りを繰り返しました。
　A. 隔てて　　　B. 離てて　　　C. 分てて　　　D. 割てて

23. オゾン層の<u>はかい</u>を招くフロンを大気中に放出することを禁止しなければならない。
　A. 損害　　　　B. 破損　　　　C. 破戒　　　　D. 破壊

24. 渡っていた橋が崩れ落ちるという<u>ふきつ</u>な夢を見ている。
　A. 不快　　　　B. 不明　　　　C. 不吉　　　　D. 不審

25. 美しい<u>かがやき</u>を放つ星の生と死の舞台を望遠鏡で捉えました。
　A. 輝き　　　　B. 光き　　　　C. 明き　　　　D. 呟き

26. みんなで<u>協力</u>して難問を解決するネットワークを作りましょう。
　A. きょりき　　B. きょうりょく　　C. きちから　　D. きょうりき

27. どんなときに慌てずに、<u>冷静</u>に判断ができるようになりたいものだ。
　A. れいけいに　B. りょうせいに　C. れいせいに　D. りょうけいに

28. 今に残る江戸の旧跡を巡る旅へいっしょに出てみましょう。
    A. えいど　　　　B. こうと　　　　C. えど　　　　D. えこ

29. 毎日 200 円ずつ小銭を貯金箱に入れます。
    A. こぜに　　　　B. こせん　　　　C. こづかい　　　　D. おぜに

30. 画家としての彼女は性格はじみだが、作品には派手な色を使う。
    A. 滋味　　　　B. 地色　　　　C. 土味　　　　D. 地味

三、次の文の＿＿に入れる最も適切な言葉を、後の A、B、C、D から一つ選びなさい。（1 × 15 ＝ 15 点）

31. 多くの人は自分の主張を無理にしようとする性質があるから＿＿＿＿失敗に終わっている。
    A. いっそう　　　　B. さらに　　　　C. 結局　　　　D. さて

32. こんなひどい雨では＿＿＿＿彼女はもう来ないでしょう。
    A. めったに　　　　B. せっかく　　　　C. かなり　　　　D. おそらく

33. ＿＿＿＿＿純文学というのはいったい何でしょうか。
    A. いわゆる　　　　B. おそるおそる　　　　C. ぎょっと　　　　D. じっと

34. 初めて日本に来たとき、きれいな富士山の姿に＿＿＿＿していました。
    A. うっかり　　　　B. うっとり　　　　C. かぎり　　　　D. ぎっしり

35. このことはあなたにはわかって＿＿＿＿と思っておりました。
    A. いただける　　　　B. いただく　　　　C. くださる　　　　D. さし上げる

36. 宣伝、広告、＿＿＿＿などでは見る側の心理を動かすいろいろな手法を使っています。
    A. コマシャル　　　　　　　　　　B. コマーシャル
    C. インフォーメーション　　　　　D. インフォメーション

37. 図書館の時間は＿＿＿＿には、8 時から 5 じまで、週末には、9 時から 4 時までです。
    A. ウィークデー　　B. ウークデー　　C. ウィクデー　　D. ウークディー

38. 「青木さん、先生がすぐくるように行っていましたよ。」
    「はい、でも、＿＿＿＿＿＿＿＿＿。」
    　A. 何時来ますか　　　　　　　　　B. どこへ行ったらいいですか
    　C. 来ないと思いますよ　　　　　　D. 昨日は来ないと言っていました

39. 「その仕事、やらせてください」
    「そうですか。じゃあ、＿＿＿＿＿＿＿＿＿。」
    　A. やりましょう　　B. けっこうです　　C. おねがいします　D. がんばります

40. 「先生、漫画の本を読まれますか。」
    「ええ、＿＿＿＿＿＿＿＿＿。」
    　A. 読まれますよ　　　　　　　　　B. よく読んでください
    　C. 読みなさい　　　　　　　　　　D. よく読みます

41. けんさんの日本語は、林さんほど＿＿＿＿＿＿。
    　A. 上手だ　　　　　B. じょうずらしい　　C. 上手ではない　　D. 上手そうだ

42. 日曜日はどちらに＿＿＿＿＿＿ご自由でございます。
    　A. おいでになると　　　　　　　　B. いらっしゃって
    　C. こられてか　　　　　　　　　　D. いらっしゃろうとう

43. 彼は、すばらしい技術を持っていながら、＿＿＿＿＿＿。
    　A. がっかりさせない　　　　　　　B. 知識を持っている
    　C. 期待されている　　　　　　　　D. 生かそうとしない

44. 給料が少ないのに、＿＿＿＿＿＿彼女のために高い婚約指輪を買った。
    　A. 念を押して　　　B. 釘を刺して　　　C. 見栄を張って　　D. ゴマをすって

45. どんなに忙しくても子供の話には＿＿＿＿＿＿あげよう。
    　A. 口を出して　　　　　　　　　　B. 耳にたこができるほど聞いて
    　C. 耳を傾けて　　　　　　　　　　D. 言葉を交わし

四、次の文の___に入れる最も適切なものを、後の A、B、C、D から一つ選びなさい。（1
　　× 15 ＝ 15 点）

46. 先生がこんなに喜んでくださる＿＿＿＿思ってもいませんでした。
　　A. には　　　　　　B. とは　　　　　　　C. から　　　　　　　D. のと

47. 当日は雨＿＿＿＿降らなければ、予定どおり行います。
　　A. なら　　　　　　B. しか　　　　　　　C. さえ　　　　　　　D. には

48. 「たしか、森さんはもとはアナウンサーでしたね。」
　　「ええ、でも最近は政治家＿＿＿＿すっかり有名になりましたね。」
　　A. にとって　　　　B. として　　　　　　C. について　　　　　D. に対して

49. じゃあ、わたしがピアノを弾きますから、どうぞ歌手になった＿＿＿＿で歌ってく
　　ださい。
　　A. つもり　　　　　B. よう　　　　　　　C. せい　　　　　　　D. はず

50. 子供と話すときは難しい言葉をつかわない＿＿＿＿、気をつけています。
　　A. のに　　　　　　B. ために　　　　　　C. だけに　　　　　　D. ように

51. お父様＿＿＿＿皆様にくれぐれもよろしくお伝えください。
　　A. にしろ　　　　　B. を問わず　　　　　C. をはじめ　　　　　D. ばかりか

52. あれっ、この歌どこかで聞いたことがある＿＿＿＿気がするんだけど…。
　　A. そうな　　　　　B. らしい　　　　　　C. ような　　　　　　D. みたい

53. うれしい＿＿＿＿来学期から奨学金がもらえることになったんです。
　　A. せいで　　　　　B. だけに　　　　　　C. ことに　　　　　　D. ばかりに

54. 本日は、この会の運営について皆様からご意見を聞かせて＿＿＿＿と思います。
　　A. ください　　　　B. やりたい　　　　　C. あげたい　　　　　D. いただきたい

55. 僕は今、勉強より、とにかく野球がしてくて＿＿＿＿んだ。

    A. たまらない　　　B. かぎりがない　　　C. 違いない　　　　D. やむをえない

56. 犯人が捕まった＿＿＿＿、あの子が生きて帰ってくるわけではない。

    A. ものでも　　　　B. ことには　　　　　C. ところで　　　　D. はずで

57. 人ごみの中ではタバコをすう＿＿＿＿ではない。

    A. べき　　　　　　B. よう　　　　　　　C. はず　　　　　　D. ばかり

58. 今日は11月＿＿＿＿暖かい一日でした。

    A. とみえて　　　　B. にしては　　　　　C. のような　　　　D. につけても

59. 日本の子供の総人口に占める割合は17％で、東京はもっとも低く14％＿＿＿＿。

    A. におよぶ　　　　B. に達している　　　C. にすぎない　　　D. にかぎらない

60. 会議を聞いてほかの人の意見もきいてみない＿＿＿＿、今は何とも言えません。

    A. はずでは　　　　B. かぎりでは　　　　C. ことには　　　　D. までも

五、次の文章の［　］に入る最も適切な言葉を、後のA、B、C、Dから一つ選びなさい。（1 × 10 ＝ 10 点）

  初対面の人と会ったときに、わたしたちはまず何を考えるだろう。「ずいぶん背の高いんだなあ」とか、「顔立ちの整った美人だ」とか、「色が黒くて顔の四角い人だな」など。相手の風貌や体の特徴に真っ先に着目する。

  そしてその次に、相手の話し方や態度などから、「この人はとても陽気で朗らかだ」とか、「すごく神経質な人らしい」とか考える［　61　］。

  つまり、わたしたちは、人とであったとき、ほとんど無意識の［　62　］、相手からの情報をまとめて、自分なりにその人のイメージを作り上げる。そのときに［　63　］ものを言うのは、自分の今までの人間関係の中から経験的に把握してきたカテゴリーである。

  今目の前にいる人が、自分が［　64　］に出会った様々な人たちの中の、どのタイプに属するかを考え、［　65　］相手がどんな人物かと言う判断を下していくわけである。

  ［　66　］、わたしたちは人間についてのどんなカテゴリーを持っているのだろう。そこを考えてみると、［　67　］外見的な特徴などよりも、「軽薄な人」だとか、「思慮深

いひと」とか、「気の小さい人」などと言うように、そのほとんどが人柄に関すること で人間を分類していることに気が付く。と言うことは、わたしたちが人間を理解する場 合に、"性格"とか"人柄"といったものが、[68]その人の"人となり"を表わす もので ことを知っていて、無意識のうちに、その定規で人間をはかっているのである。

　ところが、ここで問題にされてる"性格"というものについて考えてみるとこれほ どはっきりと定義[69]概念はない。オルポート（G.W.Allport）と言う有名な 心理学者は、現在まで発表された"性格"に関する定義をいろいろと研究し、その結 果、「性格とは、ひとがまさにあるところのものである」という、なんだか、わかった ような、わからないような定義を下している。それくらい、"性格"とはあいまい模糊 [70]物なのである。

61. A. と言うことだ　B. ことにする　　C. にちがいない　D. ことになっている
62. A. うちに　　　　B. うちで　　　　C. うちは　　　　D. うち
63. A. どうも　　　　B. どうやら　　　C. なによりも　　D. もしかして
64. A. これまで　　　B. それまで　　　C. あれまで　　　D. いままで
65. A. それにしたがって　　　　　　　B. それによって
　　C. それにつれて　　　　　　　　　D. それにともなって
66. A. そして　　　　B. それで　　　　C. では　　　　　D. もちろん
67. A. せっかく　　　B. とにかく　　　C. どうしても　　D. どうやら
68. A. まさに　　　　B. まさしく　　　C. まさか　　　　D. まして
69. A. していく　　　B. してくる　　　C. しやすい　　　D. しにくい
70. A. にした　　　　B. とした　　　　C. になった　　　D. となった

六、読解問題
問題一、次の文章を読んで、後の質問に答えなさい。答えはそれぞれA、B、C、Dの中か
　　　ら最も適切なものを一つ選んで、解答用紙のその番号に印をつけなさい。（1×5
　　　＝5点）

　わたしはずいぶん長い間、サンタクローズに存在を信じていた。当時、わたしの家庭 はクリスチャン(注1)ではなかったが、他の多くの日本人家庭と同じようにわたしもクリ スマスの朝、（　①　）というプレゼントをもらったからである。

　五歳のとき、夜の食事のあと兄と遊んでいると、突然、部屋の中にサンタクローズが 父母と現れた。兄とわたしは驚き、壁に体をくっつけて彼の一挙一動を見ていた。

　白い大きな袋から彼はいくつかのプレゼントを取り出し、兄とわたしとに与えた。そ

して「よい子でいれば来年もまた来る」と言って部屋から出て行った。

その夜の②わたしの受けた衝撃は忘れがたいものだった。二つ年上の兄は「あの声は叔父さんの声のようだった」と言ったがわたしは信じなかった。③母に尋ねると「本当にサンタクローズなのよ」と首をふったからである。

そのサンタクローズへの信頼が心から消えたのはいつだったか知らない。しかしそれと共に④わたしの心からも大事な何かが消滅ような気がする。わたしは少年時代になったのだが少年とは幼年と違って大人の世界をかい間見て^(注2)しまうからだ。

⑤あれから六十年以上の歳月が流れた。今日老いたわたしは幼い孫のためにクリスマスのプレゼントを買いにいった。幼い孫たちはまだサンタクローズを信じているからだ。

注1　クリスチャン：キリスト教を信じている人
注2　かい間見る：少し見る

71.（　①　）に入る言葉として適当なものはどれか。
　　A. 祖父から　　　　B. 父母から　　　　　C. 叔父から　　　　　D. サンタクロースから

72.②「わたしの受けた衝撃」とは、どんなことか。
　　A. サンタクローズがほんとうに存在していたと言うこと。
　　B. 兄が、サンタクローズではなく叔父さんだったと言ったこと。
　　C. よい子でいなければ、来年はサンタクローズが来ないということ。
　　D. 父親がサンタクローズではなかったこと。

73.③「母に尋ねると」とあるが、筆者は何と訪ねたのか。
　　A. 叔父さんはどこなの。
　　B. サンタクローズじゃなかったの。
　　C. 本当にサンタクローズはいるの。
　　D. だれだったの。

74.④「わたしの心からも大事な何かが消滅したような気がする」とあるが、筆者はどのような気持ちだと考えられるか。
　　A. 父母に対する信頼を失った腹立たしい気持ち。
　　B. 孫の成長を残念におもう気持ち。
　　C. 子供のころの純粋さを失ったことを苦しむ気持ち。

D. 子供のころの純粋さを失ったことをさびしく思う気持ち。

75. ⑤「あれ」というのは、いつのことか。

A. サンタクロースが現れた日。

B. サンタクロースへの信頼が消えた日。

C. 少年になった日。

D. 孫のプレゼントを買った日。

問題二、次の各文章を読んで、後の質問に答えなさい。答えはそれぞれ A、B、C、D の中から最も適切なものを一つ選んで、解答用紙のその番号に印をつけなさい。（1 × 10 ＝ 10 点）

【文章１】

昔、気象庁にこんな予報官がいたそうだ。彼は当番の日に、「翌日は快晴」の予報をだして寝た。ところが、朝起きてみると、どしゃ降りの雨である。彼は雨を見ながら、「天気図によれば絶対に雨は降らない。降っているこの雨のほうが間違っている！」といったという。まさに笑い話である。

しかし、わたしは、この話が好きだ。①笑い飛ばしてしまえないものを感ずる。

天気図を一生懸命調べた結果、雨は降らないと確信した。ところが、実際には雨が降っている。だとすれば、［　ア　］が、間違ったのであるが、それを［　イ　］が間違っているというところが言うところがいい。そういう頑固さもあっていいのだと思う。

いや、気象学においては、そういう頑固さはお笑い種かもしれない。しかし、仏教に関してであれば、（　②　）と思う。

たとえば、仏教の教えは、「競争をやめよ」である。競争、競争と血眼(注1)になって競争意識ばかり燃やしていると、わたしたちに心の余裕がなくなる。他人を思いやる気持ちがなくなり、エゴイズム(注2)になってしまう。競争をやめて、仲良く生きるのが、人間として本当の生き方である。だが、そのようなことを言えば、必ずといってよいほど反論がある。あなたはそんな気楽なことを言うが、現実は厳しいのだ。その現実をどうする！？…といった反論である。

そんなこと、「その［　ウ　］がまちがっているのです」と、わたしは言いたい。何も現実に妥協するばかりが能(注3)じゃないとわたしは思うが、おかしいであろうが…。

注1　血眼になって：夢中になる

注2　エゴイズム：自分を中心に考える人

注3　能：（この文では）よいこと、大事なこと

76. 下線①「笑い飛ばしてしまえないものを感ずる」とあるが、どういうことか。

　　A. この天気予報はまじめなものだと思う。

　　B. 何か意味があるように感じる。

　　C. 面白い話だが頑固さも感じられる。

　　D. 天気予報は正しくて雨のほうが間違っているように思う

77. ［　ア　］［　イ　］［　ウ　］に入る言葉の適当な組み合わせはどれか。

　　A. ア　予報　　　イ　天気図　　ウ　現実

　　B. ア　天気図　イ　雨　　　　ウ　現実

　　C. ア　予報　　　イ　雨　　　　ウ　現実

　　D. ア　天気図　イ　予報　　　ウ　反論

78. （　②　）に入る適当なものはどれか。

　　A. われわれは競争をやめるべきだ。　　B. むしろ我々は頑固であるべきだ。

　　C. やはり仏の教えに従うべきだ。　　　D. われわれは心に余裕をもつべきだ。

79. 筆者がよいと考える「頑固さ」について、正しいものはどれか。

　　A. 簡単には現実に妥協しない頑固さ。

　　B. 厳しい現実の中でがんばる頑固さ。

　　C. 競争を絶対にしないようにする頑固さ。

　　D. 反論に負けないでがんばる頑固さ。

【文章２】

　ほどよく空いた電車の中で、暖かい日ざしを浴びながら、①五、六歳の男の子が、し
きりに隣に座った母親に話しかけている。「アツギ^{（注1）}ってかあさん、皆厚着してるか
らだね」。母親は当惑^{（注2）}気味にほほえんでいるだけだ。空いているので、男の子の声
は車内のすみずみにまで聞こえてしまう。（　②　）この子は変わった単語を知ってい
るものだ。もしかして家には年寄りもいて、厚着がいいとか、悪いとかよく話題になる
のだろう、などと思う。

　電車が次の駅に着くと、今度は「エビナ^{（注3）}ってかあさん、エビがたくさん取れる
んだよね。」母親の返事がないものだから、「じゃないかな？エビがないからエビナなの

かな」。こんな小田急線の地名解釈につり込まれて^(注4)いるうちに、③<u>わたしはもう降りなければならなかった</u>。この子は何と頭のいい子なんだろうと思いながら。いや、頭のいいのはこの子にかぎらない。この年頃の子供たちは、大人が永遠に失ってしまった、言葉の獲得にとっての、（　④　）黄金時代の最中にいるのだ。言葉はまだ響きの中に生きていて、子供はその影響と対決し、自分なりに解釈し、秩序づけようとして、必死でもがいて^(注5)いるのだ。⑤<u>そんな時、大人は決して、文字や書物のさかしらな^(注6)知識をふりかざして^(注7)、子供の実験をあざ笑ってはならない</u>。大人の知識は、自らの経験を超えた他力によるものだが、子供の解釈は、ひたすら自力で挑んだ作品である。

注1　アツギ：厚木（駅名）

注2　当惑：どうしたらいいか困って迷っている

注3　エビナ：海老名（駅名）

注4　つりこむ：興味を持たせて夢中にさせること

注5　もがく：苦しむ

注6　さかしらな：物知りぶる様子

注7　ふりさがす：掲げる、持ち出す

80. ①「<u>五、六歳の男の子が、しきりに隣に座った母親に話しかけている</u>」とあるが、男の子は何を言っていたのか。

　　A. 家にいる祖父母の話　　　　　B. 覚えたばかりの言葉

　　C. 駅名の意味の解釈　　　　　　D. 思いついたこと

81. （　②　）に入る言葉はどれか。

　　A. そのうえ　　　B. それなのに　　C. そういえば　　D. それにしても

82. ③「<u>わたしはもう降りなければならなかった</u>」というときの筆者の気持ちはどんなものだったか。

　　A. もっと男の子の話が聞きたいという残念な気持ち。

　　B. うるさい車内から逃げられるという気持ち。

　　C. 母親が子供に注意すべきだという気持ち。

　　D. 男の子の話の意味が理解できないという気持ち。

83.（　④　）に入る言葉はどれか。

   A．この　　　　　B．その　　　　　C．あの　　　　　D．どの

84.⑤「そんなとき」とはどんなときか。

   A．電車の中で突然子供が自分の考えを述べたとき。

   B．子供が自分の力で理解しようとしているとき。

   C．子供がいる電車から降りるとき。

   D．子供に話しかけられたとき。

85.この文章で筆者の言いたいことは何か。

   A．母親は子供が興味深いことを言ったとき、何も言わないほうがよい。

   B．子供が誤まった解釈をしているときに、厳しく注意する必要がある。

   C．大人になると忘れてしまうため、子供のうちに言葉遊びをするべきだ。

   D．子供の自由な発想を大人の余計な知識で妨げてはならない。

第二部分

七、次の文を完成しなさい（解答は解答用紙に書きなさい）。（1 × 10 ＝ 10 点）

86.秋から冬にかけて、＿＿＿＿＿＿＿＿＿＿＿＿＿＿＿＿＿＿＿＿＿＿。

87.東京にしても大阪にしても＿＿＿＿＿＿＿＿＿＿＿＿＿＿＿＿＿＿＿。

88.君の将来を考えればこそ、＿＿＿＿＿＿＿＿＿＿＿＿＿＿＿＿＿＿＿。

89.この建物は許可がない限り、＿＿＿＿＿＿＿＿＿＿＿＿＿＿＿＿＿＿。

90.彼は休みなし＿＿＿＿＿＿＿＿＿＿＿＿＿＿＿＿＿＿＿＿＿＿＿＿＿。

91.英語はもちろん、＿＿＿＿＿＿＿＿＿＿＿＿＿＿＿＿＿＿＿＿＿＿＿。

92.忘れるといけないので、＿＿＿＿＿＿＿＿＿＿＿＿＿＿＿＿＿＿＿＿。

93.ものの５分も勉強しないうちに＿＿＿＿＿＿＿＿＿＿＿＿＿＿＿＿＿。

94.料理ができると言っても、＿＿＿＿＿＿＿＿＿＿＿＿＿＿＿＿＿＿＿。

95.知っているくせに＿＿＿＿＿＿＿＿＿＿＿＿＿＿＿＿＿＿＿＿＿＿＿。

八、次の要領で解答用紙に作文をしなさい。（15 点）

題　　　目：子供のしつけについて

注意事項：1．文体：常体；

         2．字数：350 ～ 400；

         3．文体が違った場合、字数オーバーまたは不足の場合は減点になる。

大学日本語専攻生四級能力試験模擬テスト（五）

（試験時間：160分）
注意：解答はすべて解答用紙に書きなさい。

第一部分

一、聴解（1 × 20 ＝ 20 点）

二、次の文の下線をつけた単語の正しい読み方や漢字を後のＡ、Ｂ、Ｃ、Ｄの中から一つ選びなさい。（1 × 10 ＝ 10 点）

21. プラスチックの<u>げんりょう</u>は石油である。
　　A. 減量　　　　　B. 源料　　　　　C. 元料　　　　　D. 原料

22. 語力を伸ばす<u>秘訣</u>を無料で公開している。
　　A. ひっけつ　　　B. ひつけつ　　　C. みつけん　　　D. ひけつ

23. 彼はなぜ豊臣秀吉に最後まで<u>さからい</u>ましたか。
　　A. 回らい　　　　B. 逆らい　　　　C. 転らい　　　　D. 遡らい

24. 義援金の受付窓口を下記のとおり<u>設置</u>しました。
　　A. せち　　　　　B. もうけち　　　C. せつち　　　　D. せっち

25. 子供の非行を<u>みぜん</u>に防ぐには親の注意が一番大切だ。
　　A. 天然　　　　　B. 末然　　　　　C. 未然　　　　　D. 毅然

26. 調べていくといろいろ議論が<u>錯綜</u>してくるようです。
　　A. さそう　　　　B. さぞう　　　　C. さくそう　　　D. さっそう

27. 本書では<u>略画</u>をできる限り多く採用しております。
　　A. りょうが　　　B. りょっかく　　　C. りゃくかく　　　D. りゃくが

28. 出かけるとき、ちゃんと鍵をかけてください。
　　A. キー　　　　　B. かぎ　　　　　　　C. けん　　　　　　D. かき

29. ご利用いただき、誠に感謝しております。
　　A. せい　　　　　B. まとこ　　　　　　C. まこと　　　　　D. せん

30. 珍しい名字だがその由来がわかっている。
　　A. めずらしい　　B. まれしい　　　　　C. すばらしい　　　D. のぞましい

三、次の文の＿＿に入れる最も適切な言葉を、後のA、B、C、Dから一つ選びなさい。（1
　　× 15 ＝ 15 点）

31. 緊張して、胸が＿＿＿＿＿している。
　　A. うきうき　　　B. てきばき　　　　　C. いきいき　　　　D. どきどき

32. ＿＿＿＿＿暮らしにあこがれる。
　　A. じょうぶな　　B. ぜいたくな　　　　C. いだいな　　　　D. きのどくな

33. この連続小説の最終回は＿＿＿＿＿どうなるのだろう。
　　A. はたして　　　B. たしか　　　　　　C. なにぶん　　　　D. いっそう

34. 「李さん、この間の旅行の写真、できましたよ。」
　　「あっ、＿＿＿＿＿＿。」
　　A. みせて　　　　B. ほんとう　　　　　C. うれしい　　　　D. そうですね

35. ＿＿＿して戦争のない世界を作るか、これが人類の課題だ。
　　A. いかが　　　　B. いかに　　　　　　C. どうにか　　　　D. どれほど

36. 絶対に秘密だと言っておいたのに、花子＿＿＿人にしゃべってしまって、困ったものだ。
　　A. ときたら　　　B. にきたら　　　　　C. としたら　　　　D. にしたら

37. 「彼のことはご存じですか。」「はい、私は＿＿＿。」
　　A. 存じます　　　B. 存じです　　　　　C. ご存じます　　　D. 存じております

38. ようやく連敗が止まりました。連敗が_____して、良かったと思います。
    A. ストリート　　　B. ストレート　　　　C. トップ　　　　　D. ストップ

39. 引越したので、新しいアパートの近くにある郵便____を探すのは必要です。
    A. パスト　　　　　B. ボスト　　　　　　C. ポスト　　　　　D. バスト

40. _____とは、業績などに応じて与えられる特別手当、賞与のことです。
    A. ボーナス　　　　B. ボナス　　　　　　C. ボーナズ　　　　D. ポーナズ

41. _____ほどほしいものがあるが、高くてとても買えない。
    A. のどから手が出る　　　　　　　　　B. 息を呑む
    C. 気を配る　　　　　　　　　　　　　D. 体を壊す

42. 「このしごと、だれかやってくれないかな。」
    「誰もやる人がいないなら、わたしが_____。」
    A. やってください　　　　　　　　　　B. やらせてください
    C. やらせていただきます　　　　　　　D. やっていただきます

43. 桜のつぼみもふくらみ、日一日と春_____参りました。
    A. めいて　　　　　B. らしく　　　　　　C. じみて　　　　　D. ように

44. 昨日、事務所にどなたか訪ねて_____ました。
    A. 存じ　　　　　　B. 見え　　　　　　　C. 伺い　　　　　　D. めし

45. この問題を解決するのは_____。
    A. 骨が折れそうだ　　　　　　　　　　B. 息がつまりそうだ
    C. 腰が低くなりそうだ　　　　　　　　D. 気が利きそうだ

四、次の文の___に入れる最も適切なものを、後のＡ、Ｂ、Ｃ、Ｄから一つ選びなさい。(1 × 15 = 15点)

46. 彼のいうことなど二度と信じるもの_____。
    A. よ　　　　　　　B. だ　　　　　　　　C. に　　　　　　　　D. か

47. 来年の会長に選ばれるのは清水さん＿＿＿＿相違ない。
    A. を　　　　　　B. で　　　　　　　C. に　　　　　　　D. が

48. 本を読んでいる＿＿＿＿眠ってしまった。
    A. うえに　　　B. うえで　　　　　C. うちに　　　　　D. うちで

49. よく考えた＿＿＿＿結論を出したのなら後悔はするな。
    A. すえ　　　　B. まつ　　　　　　C. いらい　　　　　D. かぎり

50. 予想に＿＿＿＿チームは勝ち続け、とうとう決勝まで進んだ。
    A. 関して　　　B. わたって　　　　C. 際して　　　　　D. 反して

51. ホテルではお客さんの要望に＿＿＿＿サービスをしなければならない。
    A. かぎって　　B. 応じて　　　　　C. 加えて　　　　　D. めぐって

52. 近くによい温泉があるという。一度、行ってみたい＿＿＿＿だ。
    A. こと　　　　B. わけ　　　　　　C. もの　　　　　　D. だけ

53. 図書館は読書を目的＿＿＿＿施設です。他の人に迷惑になるようなことはしないで
    ください。
    A. とあった　　B. とした　　　　　C. といった　　　　D. とみた

54. 夏休みともなると、どこも観光客＿＿＿＿ですね。
    A. だらけ　　　B. とわず　　　　　C. ぽい　　　　　　D. どみ

55. たとえだめだったと＿＿＿＿、また、頑張るまでのことだ。
    A. すると　　　B. しないと　　　　C. しても　　　　　D. しなくても

56、レストラン開店の当日は忙しくて、食事＿＿＿＿ではなかった。
    A. ばかり　　　B. はじめ　　　　　C. どころ　　　　　D. めぶり

57. 澤田さんは、英語＿＿＿＿中国語もぺらぺらだ。
    A. ばかり　　　B. ばかりに　　　　C. ばかりで　　　　D. ばかりか

58. 返事を出さなければと思い_____忙しくてなかなか出せなくて、もう一ヶ月にもなる。

    A．つつも   B．たびに   C．おきに   D．するも

59. 他の人と比べるのではなく、自分は自分_____努力すればよいのだ。

    A．だけに   B．なりに   C．までに   D．ほどに

60. 調査結果_____レポートを書き、２０日までに提出すること。

    A．にあたって   B．にとって   C．に基づいて   D．にかかわって

五、次の文章の[   ]に入る最も適切な言葉を、後のＡ、Ｂ、Ｃ、Ｄから一つ選びなさい。（1 × 10 ＝ 10 点）

（一）

    わたしの家から表通りに出てすぐのバス停は、駅と有名な寺院との間の往復の途中なので、[61]満員でストップなし、よくてやっとつり革に[62]ぐらいなので、[63]タクシーをつかまえることになるのだが、それでも、ウィークデーの正午前後は、[64]乗っている人も少ないので、ときどきこのバスを利用する。

    ある日のこと、そうした都合のよい時刻に、目の前に来たバスに乗るとがらあきで、入り口近くの席に四、五人が、[65]ぜいたくに二人がけの席を一人ずつ占めている。わたしもそれにならって窓ぎわの席に着いた。

61. A．悪いと   B．悪ければ   C．悪くすると   D．悪かったら

62. A．住みつく   B．ありつく   C．しばりつく   D．おいつく

63. A．やっと   B．つい   C．ついに   D．ようやく

64. A．さすがに   B．せいぜい   C．やたらに   D．せめて

65. A．いまにも   B．どうも   C．どうしても   D．それも

（二）

    したがって、僕にとっては、ミロのヴィーナスの失われた両腕の復元案というものが、すべて[66]もの、滑稽でグロテスクなものに思われてしかたがない。もちろん、そこには失われた原形というものが客観的に推定されるはずであるから、すべての復元のための試みは正当であり、僕の困惑は勝手なものであることだろう。

[67]、失われていることにひとたび心から感動した場合、[68]それ以前の失われていない昔に感動することはほとんどできないのである。[69]、ここで問題と

なっていることは、表現における量の変化ではなくて、質の変化であるからだ。表現の次元［　70　］が既に異なってしまっているとき、対象への愛と呼んでもいい感動が、どうしてほかの対象へさかのぼったりすることができるだろうか。

66. A. 興じた　　　　　B. 興ざめた　　　　C. 興味深い　　　　D. 興味本位な
67. A. だから　　　　　B. それで　　　　　C. しかし　　　　　D. すると
68. A. あらかじめ　　　B. かつて　　　　　C. まえもって　　　D. もはや
69. A. なぜなら　　　　B. なぜか　　　　　C. なぜだか　　　　D. なぜで
70. A. それ　　　　　　B. それも　　　　　C. そのもの　　　　D. それと

六、読解問題

問題一、次の各文章を読んで、後の質問に答えなさい。答えはそれぞれ A、B、C、D の中から最も適切なものを一つ選んで、解答用紙のその番号に印をつけなさい。（1 ×
　　　　5 ＝ 5 点）

【文章1】

　日本人は、昔から、空気と水はほとんどただだと思ってきた。しかしそれも、これからは、必ずしも①そうではなくなろうといている。現在でもすでに水については、大都市や工業地帯では、ただどころか、水道料金が下水道料金をも含めて、急速に高くなっていることに気がつくであろう。

　水の値段の中でも、下水処理の占める率が次第に高くなっているのであるが、これは水の問題が単に供給の面だけでなく、自然界を汚染することを防ぐための処理という課題を含んでおり、②これが面倒になってきたためである。要するにこれは、きれいな水はただでは飲めなくなってきたことを示すことにほかならない。

　空気についても③そうである。大気の汚染を防ぐために、今大変な努力がなされている。発電所でも化学工場でも、それを新設する場合、設備費の20％あるいは30％といった大きな費用が、大気汚染防止のために使われる状況になってきた。これが製品の値段、つまり物価の上昇をもたらすことは、言うまでもない。このことは、きれいな空気もまた、ただではなくなってきたことを示している。

　つまりより良い生活を求めて努力してきた結果として、物質的な豊かさを享受するようになったわれわれは、同時に、いろいろな困ったことの発生に遭遇して、それらと戦う努力を強いられることになっているのである。

71. ①「そう」は何を指すか。

    A. 水道料金が急速に値上がりしている。

    B. 日本人が空気や水をほとんどただだと考えられる。

    C. 大都市では水道料金が比較的安い。

    D. 日本の水や空気が少なくなる。

72. ②「これ」の指す内容として最も適当なものはどれか。

    A. 水道料金の中の下水道料金の割合が高くなってきていること。

    B. きれいな水を供給するために汚染防止を考えること。

    C. 水道料金が下水道料金を含め急激に高くなっていること。

    D. 自然界を汚染しなければきれいな水が供給できないこと。

73. ③「そう」の指す内容として最も適当なものはどれか。

    A. 空気の料金が急激に高くなってきた。

    B. きれいな空気のために金を払わなくてはいけなくなった。

    C. きれいな空気の供給が物価の上昇のために難しくなった。

    D. 発電所や化学工場が大気汚染防止のために設備費を使うことになった。

【文章2】

    日本の目覚しい経済的成功はその教育制度に負うところがあるのではないかと、アメリカをはじめとする一部の先進諸国が関心を寄せてきているとのことである。確かに、数学など客観的比較が可能な科目の試験をしてみると、日本の生徒は国際的に抜きんでた成績を上げるらしい。しかし、外国から羨ましがられても、日本の教育が問題だらけであることを知っているわれわれは①戸惑うばかりである。実際、羨ましがっているのは実情を知らないうちで、学ぶべきところがあれば学ぼうと日本の教育事情を調査した外国の研究者たちは、小学生までが塾通いをしていることなどを知ってとても参考にはならないと②あきらめて帰るらしい。

74. なぜ①「戸惑うばかり」なのか。

    A. 日本の生徒の数学の成績がいいから。

    B. 日本の経済的成功と教育制度は無関係だから。

    C. 日本教育は問題がたくさんあるから。

    D. 日本の教育に先進国が関心を寄せているから。

75. ②「あきらめて帰る」理由は何か。

    A. 日本の教育事情は参考にならないから。

    B. 自分の国には日本と違って塾がないから。

    C. 塾に行かなければ数学でいい成績が取れないから。

    D. 日本の教育調査が難しいから。

問題二、 次の文章を読んで、後の質問に答えなさい。答えはそれぞれ A、B、C、D の中から最も適切なものを一つ選んで、解答用紙のその番号に印をつけなさい。（1 × 10 ＝ 10 点）

　戦後わずか 40 年ほどの間に、世界有数の経済大国に発展した日本。資源も資本も持たないアジアの小国日本が、戦後の困難を克服し、二度にわたる石油危機、さらには円高による経済危機をも乗り切り、世界経済における重要な役割を果たすまでに発展できた原因は、果たして、何だったのであろうか。

　奇跡的とも呼べるこの経済発展を理解する①キーワードの一つとなるのが、日本独特の雇用制度、いわゆる、②「終身雇用制」と呼ばれるものである。この制度の下では、雇用される側は、一度会社に入れば、定年退職するまでは生活の心配をする必要がない。そればかりか、給与や地位も、③年功序列にしたがって、次第に上がっていくということから、当然のことながら、働いているうちに、その会社に対する強い帰属意識を持つようになる。仕事は何かと尋ねられて、仕事の内容ではなく、会社の名前を答える日本人が多いということは、このことを物語っている。

　一方、雇用する側からすれば、一度優秀な人材を確保しておき（　④　）、長期的視野に立って企業経営を考えることができた。すなわち、世界市場で十分な競争力を持った商品の開発を目指し、新しい技術を導入し、それに対応できるよう、従業員に幅広い技術を身につけさせることが可能だったわけである。

　よく言われることだが、日本の企業がここまで伸びられたのは父親役の社長を中心に、企業全体が帰属意識という見えない糸で結ばれた家族として働いてきたからである。その家族のみんなが一生懸命企業を伸ばすために努力を続け、その結果、日本全体の経済も世界有数のものといわれるまでに育ったのである。

　しかしながら、経済発展にだけ目を向けているうちに、ひどい公害を生み出し、自然破壊を続けてきたばかりでなく、人の心までも破壊してしまったということも事実だ。金と物だけが大切にされ、本当に価値のあるものが見失われつつある今の日本が、「日本株式会社」と⑤冗談交じりに呼ばれるのも、このへんに原因があるようである。

　今、日本が問われているのは、経済大国「日本株式会社」というのではなく、本当

の大国としての役割を果たすことである。貿易摩擦、黒字減らしなどの問題が起こる
（　⑥　）に、⑦それら目先の問題にばかりとらわれるのではなく、地球一員として、
家族全体がより大きく発展できるように、これまでの経験を役立てること、それこそ日
本が、国際社会で果たすべき役割なのであると思う。

76. ①「キーワード」とはここでどういう意味か。
    A. 問題の解決の手がかり   B. 文の意味の解明の鍵となる重要語句
    C. 肝心なところ   D. 基本

77. ②「終身雇用制」という言い方の適当な説明を選びなさい。
    A. 雇用側の人が生きる限り、雇用関係を変えられない制度。
    B. 本人が辞職しようとも許されない制度
    C. いくら重大な誤りがあっても、一生勤められる制度
    D. 特別の事情、過失のない限り、一生勤められる制度

78. ③「年功序列」の意味を選びなさい。
    A. 毎年の業績による序列   B. 入社、任官の年度による職場での序列
    C. 年齢による序列   D. 個人の能力による序列

79. （　④　）に適当なことばを入れなさい。
    A. さえすれば   B. さえしたら   C. さえであれば   D. はしたら

80. ⑤「冗談交じり」とはどういう意味か。
    A. 日常普通の話を言うつもりで   B. 半分ふざけて
    C. 厳しく   D. まじめに

81. （　⑥　）に適当なことばを入れなさい。
    A. だけ   B. たび   C. ばかり   D. ゆえ

82. ⑦「それら」はここでどういうものを指しているか。
    A. 経済大国「日本株式会社」という問題。
    B. 価値観のあるものが見失われつつある問題。
    C. 公害、自然破壊を続ける問題。

D. 貿易摩擦、黒字減らしなどの問題。

83. この文章において、日本が経済大国になった原因についてどう書いてあるか。

    A. 終身雇用制と年功序列が一つの原因です。

    B. アメリカの支援が一つの原因です。

    C. 貿易摩擦が避けられたからです。

    D. 石油危機、円高などを乗り切ったからです。

84. 経済発展にだけ目を向けているうちに、日本はどんな社会になってしまったか。

    A. 老人社会になってしまった。

    B. 活力のない社会になってしまった。

    C. 株式会社のような社会になってしまった。

    D. とても勤勉な社会になってしまった。

85. 今、日本が本当にしなければならないことを選びなさい。

    A. 貿易摩擦、黒字減らしなどの問題が起こるたび、それをすばやく解決すること。

    B. 経済大国としての役割を十分に果たすこと。

    C. 世界中の国々がより大きく発展できるよう、これまでの経験を役立てること。

    D. 伝統的な終身雇用制をできるだけ長く保ち続けること。

第二部分

七、次の文を完成しなさい（解答は解答用紙に書きなさい）。（1 × 10 ＝ 10 点）

86. まじめなあの人のことだから、＿＿＿＿＿＿＿＿＿＿＿＿＿＿＿＿＿＿＿。

87. ＿＿＿＿＿＿＿＿＿＿＿＿。ご両親をはじめ、先生がたも喜んでいらっしゃる。

88. もう３年も国に帰っていないので、＿＿＿＿＿＿＿＿＿＿＿＿＿＿＿＿＿＿。

89. あんな高いレストランには＿＿＿＿＿＿＿＿＿＿＿＿＿＿＿＿＿＿＿＿＿。

90. いっしょうけんめい練習したのに、＿＿＿＿＿＿＿＿＿＿＿＿＿＿＿＿＿。

91. 彼女は一番行きたかった大学に合格し、うれしさのあまり＿＿＿＿＿＿＿＿＿。

92. たとえ仕事がつらくても＿＿＿＿＿＿＿＿＿＿＿＿＿＿＿＿＿＿＿＿＿＿。

93. 時間がたつにつれて＿＿＿＿＿＿＿＿＿パーティーはにぎやかになってきた。

94. おとといから今日にかけて＿＿＿＿＿＿＿＿＿＿＿＿＿＿＿＿＿＿＿＿。

95. 山田さんは書物が大好きで、技術者というより＿＿＿＿学者といった方がいい。

八、次の要領で解答用紙に作文をしなさい。（15点）

題　　目：私が思う留学

注意事項：1. 文体：常体；

2. 字数：350 ～ 400；

3. 文体が違った場合、字数オーバーまたは不足の場合は減点になる。

聴解スクリプト

大学日本語専攻生四級能力試験問題（2005）

聴解A 次の会話を聞いて、正しい答えをA、B、C、Dの中から一つ選びなさい。では、はじめます。

1番 飛行機は何時に飛びますか。

女：飛行機の離陸時間は五時ですよね。

男：いいえ、七時になりました。

女：え？二時間も遅くなったんですか。

男：ええ。そうなんですよ。

女：じゃ、到着は夜の九時ですね。

男：ええ。

　飛行機は何時に飛びますか。

A. 二時です。　　　　B. 五時です。　　　　C. 七時です。　　　　D. 九時です。

2番 友達の誕生日のプレゼントについて話しています。何に決めましたか。

女：何がいいかしら。やっぱり部屋に置くものはいいわよね。

男：そうすると、人形とか、それとも花瓶？

女：もっと役に立つものがいいじゃない？

男：じゃ、時計だ。

女：もっているわよ、きっと。それより、写真立ては？

男：そうだね。じゃ、そうしよう。

　二人はプレゼントを何に決めましたか。

A. 人形　　　　　　B. 花瓶　　　　　　C. 時計　　　　　　D. 写真立て

3番 男の人が女の人を連れてきました。ここはどこですか。

女　：わあー、本がいっぱい、これほんとに全部漫画なの？

男　：そうだよ。

店員：いらっしゃいませ。何になさいますか。

男　：コーヒー二つ。

女　：コーヒー1杯で、ずっといいの？

男：うんん、一時間すぎったら追加料金払うんだ。

女：へえー、まるで駐車料金みたい。

　　二人はどこで話していますか。

A. 資料室です。　　　　B. 料理屋です。　　　　C. 喫茶店です。　　　　D. 駐車場です。

4番　女の人は何番のバスに乗りますか。

女：あの、新宿へ行くバスは何番ですか。

男：えーと、新宿へ行くのは六番ですね。

女：そうですか。ありがとうございます。

男：あ、そちらじゃなりませんよ。そちらは八番と九番と十一番です。六番はこちらです。

女：ああ、どうも。

　　女の人は何番のバスに乗りますか。

A. 六番です。　　　　B. 八番です。　　　　C. 九番です。　　　　D. 十一番です。

5番　女の人が駅で切符を買っています。この女の人はいくら払いますか。

女：福岡まで特急で行きたいですけど、いくらですか。

男：乗車券4500円。それに、特急料金3600円ですから、合計8100円です。

女：乗車券4500円、特急料金3600円ですね。

男：ええ。もし指定席ご利用をなさるのでしたら、さらに500円必要です。

女：指定券は要りません。そうすると…

　　この女の人はいくら払いますか。

A. 8600円　　　　B. 8100円　　　　C. 4500円　　　　D. 3600円

6番　男の人と女の人が話しています。女の人は仕事の後、どうしますか。

男：仕事の後、みんなで飲みに行きませんか。

女：あ、今晩はちょっと…昨日は遅かったんで、今日は早く帰りたいです。

男：そうですか。山本さんはどうかな？

女：山本さんは今晩デートだって言っていましたよ。

　　女の人は仕事の後、どうしますか。

A. 飲みにいく　　　　B. デートする　　　　C. 家へ帰る　　　　D. 残業する

7番 木村さんは学校を早退しました。早退するというのは、どんな意味ですか。

女：木村さんいますか。

男：木村さんは早退しました。

女：早退？

男：ええ。昼ごろ帰りましたよ。病院へ行くそうです。

女：ああ、帰ったんですか。

　早退するというのは、どんな意味ですか。

A. 授業の途中で帰るということです。

B. 学校を休むことです。

C. 学校に遅れてくることです。

D. 授業で外へ行くことです。

8番 飛行機の中で二人が話しています。男の人はこれからどうしますか。

男：あのう、これから寝ようと思うんですが。

女：でも、後三十分で食事ですよ。食事の後にしたらいかがですか。

男：ええ、あまりお腹が空いていないんですよ。

女：食事は決まった時間にしたほうがいいですよ。

男：そうですね。じゃ、食事の時間になったら、起こしていただけますか。

女：ええ、いいですよ。

　男の人はこれからどうしますか。

A. 寝た後で食事をします。
B. 食事をした後で寝ます。
C. 寝ないで食事をします。
D. 何も食べずに寝ます。

9番 男の人と女の人は話しています。今何時ごろですか。

女：こんにちは、ちょっとすみません。今何時でしょうか。

男：ああ、そうだな、もうそろそろお昼だな。後二、三十分で。

女：あっ、そうですか。でも、失礼ですが、時計も見ないで分かるんですか。

男：そうだな。町から来る人はみんなそう言うな。だが、分かるんだよ。間違いなく。

女：へえ、でもどうやって？

男：今の季節なら、ほら、あそこには大きな木が見えるだろう。

女：ええ、あの山の上ですね。

男：あの木の上に太陽が来たときは大体12時なんだよ。

女：なるほど、こういうわけだったんですか。

今何時ごろですか。

A. 午後二時三十分ごろ

B. 午後一時三十分ごろ

C. 午前 12 時三十分ごろ

D. 午前 11 時三十分ごろ

10番 学生三人で話しています。この三人は送別会に参加しますか。

男　：明日のパーティー、参加する？

女　：ええ、いくわ。

男　：田中は？

田中：うーん、あまり行きたくないけど。ぼくは行かないってわけにはいかないよ。

女　：そりゃそうよ。

男　：じゃ、よろしくね。僕はいけないけど。

　この三人は送別会に参加しますか。

A. 一人参加します。

B. 二人参加します。

C. 三人参加します。

D. 四人参加します。

11番 電話がかかってきました。女の人はどうすればいいですか。

女：はい、留学生科でございます。

男：中国の留学生の王ですが…

女：はい、どんなご用でしょうか。

男：小林さん、お願いしたいんですが。

女：あのう、小林はちょっと席を外しておりますが。

男：あっ、そうですか。困ったな。

女：お急ぎですか。

男：ええ、まあー。

女：では、戻り次第、こちらから電話するように伝えますので、念のためにお電話番号を伺っておきますか。

男：いや、今、出先からなので、電話があったとお伝えください。

女：かしこまりました。

　女の人はどうすればいいですか。

A. 王さんに後で電話をします。

B. 小林さんのいるところを王さんに教えます。

C. 王さんのいるところを小林さんに教えます。

D. 王さんから電話があったことを小林さんに伝えます。

12番　男の人と女の人が買い物に行きました。だれが何を買いますか。

男：あっ、あのシャツいいな、俺、これを買おうかな。

女：ほんと。いいわね。私ほしいな。

男：え？これ男物だぜ。

女：だって、気に入ったもん。それに、女の人が男物を着るのが流行っているんだから。

男：そんなもんか。

女：ねえ、二人で同じものを買いましょうよ。

男：俺、いやだよ。そんなのを着られないな。君買えば？

女：じゃ、そうするわ。

　だれが何を買いますか。

A. 女の人が男物のシャツを買います。　　　　B. 女の人が女物のシャツを買います。

C. 男の人が男物のシャツを買います。　　　　D. 男の人が女物のシャツを買います。

13番　女の人が子供を連れてバスに乗ります。女の人はいくら払いますか。

女：すみません、大人一人と子供三人ですが。

男：大人は 2 百円、子供は半額。

女：大人は 2 百円で、子供は半分ですね。

男：そうです。あっ、そのお子さん、おいくつ？

女：四歳なんですけど。

男：その子供はただ。

女：あっ、そうですか。じゃ、大人一人と子供二人分でいいですね。

男：ええ、そうです。

　女の人はいくら払いますか。

A. 二百円です。　　　　B. 三百円です。　　　　C. 四百円です。　　　　D. 五百円です。

14番　男の人と女の人が話しています。スミス先生は今何歳ですか。

男：この間、先生のご主人にお会いしたんですけど、お若いですね。

女：いいえ、若く見えるけど、結構年なんですよ。スミス先生、おいくつ？

男：私ですか。私は一九四七年生まれですから。

女：あら、先生もお若いと思ってたわ、主人と一つしか違わないのね。

男：上ですか、下ですか。

女：主人のほうが一つ上。来年は還暦なのよ。

男：えっ？還暦って？

女：六十歳のこと。もっとも、十一月が誕生日だから、まだ五十九になったばかりなんですけどね。

スミス先生は今何歳ですか。

A. 58 歳です。　　　　B. 59 歳です。　　　　C. 60 歳です。　　　　D. 61 歳です。

15番　男が女の人と電話で話しています。女の部屋には誰が来ていますか。

男：あっ、もしもし、ぼくだけど、元気？

女：あっ、どうも、こんばんは。

男：ねえ、明日なんだけど、うちの兄貴が車を貸してくれるって言うから、足のほうは大丈夫だよ。

女：あっ、そうですか。それはよかったですね。

男：あれ、何、その話し方？誰かが来ているのか。

女：ええ、まあー。

男：友達？

女：いいえ、違う。田舎から、

男：お父さん？お母さん？

女：高校の時にお世話になった。

男：えっ、先生がきているのか？

女：ええ。

男：ずいぶん緊張しているみたいじゃないか。

女：はい。

女の部屋には誰が来ていますか。

A. お兄さんです。　　　B. ご両親です。　　　C. 友達です。　　　D. 先生です。

聴解 B　次の話を聞いて、正しい答えを A、B、C、D の中から一つ選びなさい。では、はじめます。

16番　先生が授業の説明をしています。学生は何を勉強していますか。

男：ええと、実習では、種を撒くところから、収穫するところまでを皆さんに実際にですね。畑に出てやってもらいます。今学期はですね、豆腐や醤油の原料になる大豆を育ててみたいと思ってるんです。秋には、育った豆を皆さんで取って、そして、すぐその場でゆでて食べましょう。美味しいですよ。

学生は何を勉強していますか。

A. 料理です。　　　　B. 農業です。　　　　C. 化学です。　　　　D. 教育です。

17番　大学の先生が海豚の睡眠について話しています。海豚の睡眠時間はどうなっていますか。

睡眠時間、つまり寝る時間は、人の場合、大体6時間から7時間取れば十分だと言われています。では、

動物はどうかというと、これが実さまざまなんですね。ある研究によると、海に住む海豚は普通睡眠に浮かぶか、海底でちょっと眠るだけなんですが、中には、まったく眠らないものもいるので、調べてみると、なんと、その種類の海豚は左右の脳を片方ずつ眠らせながら泳ぎ続けているそうです。人もこんな眠り方ができたら、便利かもしれませんね。

海豚の睡眠はどうなっていますか。

A. 海豚は人と同じように毎晩 6 時間から 7 時間眠る。

B. 海豚は皆水面か海底でちょっとだけ眠る。

C. 海豚の中には、泳ぎながら眠るものもいる。

D. 海豚は皆まったく眠らない。

18番 アカリちゃんはどんなことが出来ないのですか。

最後にご紹介するのは今度新しく作られたアカリちゃんです。アカリちゃんは今までのものとはまったく違います。大きさや、形は人間と大体同じ、手や足の動きも人間のようです。人間の言葉もちゃんと話すことができます。このアカリちゃん、ボタンを押せば、掃除、洗濯はもちろん、料理もします。インスタントラーメンから日本料理、フランス料理、中華料理と何でも作れます。

アカリちゃんはどんなことが出来ないのですか。

A. 掃除　　　　　B. 料理　　　　　C. 洗濯　　　　　D. 運転

19番 新しい冷蔵庫について、説明しています。この冷蔵庫はどんな冷蔵庫ですか。

よく売れる商品は、それまでの常識を打ち破ることから生まれます。今まで冷蔵庫の野菜室は一番下にあるというのが常識でした。しかし、よく考えてみれば、野菜は料理の時必ず使うものなのですから、一番使いやすい位置にあるのが当然ですよね。野菜を取り出すたびに、いちいち腰を曲げたり、背伸びしたりしなくても済めば、主婦はずいぶん楽になります。この商品がよく売れた理由はまさにこれなんです。

この冷蔵庫はどんな冷蔵庫ですか。

A. 野菜室が下にある冷蔵庫です。　　　　　B. 野菜室が真ん中にある冷蔵庫です。

C. 野菜室が一番小さい冷蔵庫です。　　　　　D. 野菜室が一番大きい冷蔵庫です。

20番 この人はどんな経験を持っていますか。

ご紹介をいただきました山田でございます。私は社会的にはサラリーマンの話をよく書いていることになっているのですが、サラリーマンをやった経験はほとんどないのです。まあ、ほんとうはサラリーマンのことは知らないんですよ。その私がサラリーマンの皆さんにどんな話が出来るんですか。出来ないんですよ。ですから、最初はちょっと忙しいのでっと係りの方に申し上げたんです。

この人はどんな経験を持っていますか。

A. サラリーマンのことをたくさん書いたことがある。

B. いつもサラリーマンに話をしていた。

C. 長い間サラリーマンをしていた。

D. サラリーマンをちょっとしたが、すぐやめた。

大学日本語専攻生四級能力試験問題（2006）

これから聴解試験を行います。

聴解A　次の会話を聞いて、正しい答えをA、B、C、Dの中から一つ選びなさい。では、はじめます。

1番　今日は何曜日ですか。

女：ねえ、この間、貸したお金、そろそろ返してくれない？

男：ごめん、給料もらってからでないと返せないんだ。だから、金曜日にかえすよ。

女：金曜日って25日だっけ？今日は22日だから、日曜日じゃないの？

男：うちの会社、25日は土曜日か日曜日の時は、金曜日が給料日になることになっているんだ。

　今日は何曜日ですか。

A. 月曜日です。　　　　　B. 木曜日です。　　　　　C. 金曜日です。　　　　　D. 日曜日です。

2番　男の人はどう思っていますか。

女：最近、大学を出ても自分が納得できる職場が見つかるまで就職しないでアルバイトで生活している人が増えているんだって。

男：どうかと思うよね。

　男の人はどう思っていますか。

A. よくないことだと思っています。　　　　　B. いいことだと思っています。

C. どうしてか分からないと思っています。　　　　　D. どちらでもいいと思っています。

3番　男の人はどこにけがをしたのですか。

女：どうしたの、そのけが？

男：階段でね、足を滑らしてね、たいしたことないよ。

女：でも、不便でしょう。

男：そんなことないよ。僕、なんでも左手でやっているからね。

　男の人はどこにけがをしたのですか。

A. 左足です。　　　　　B. 右足です。　　　　　C. 左手です。　　　　　D. 右手です。

4番　誰がスピーチをしますか。

男：田中さんの結婚式のスピーチを頼まれたんだけど、ああいうの、苦手なんだ。君、代わりにやっ
　　てくれない？

女：へえ、わたしが？やってもいいけど。

男：それとも、中曽根さんに頼もうかな。彼女、上手だし。

女：でも、やっぱり引き受けたからには頑張るほかないんじゃないの。

男：んー、そうかな、しようがないか。

　誰がスピーチをしますか。

A. 田中さんです。　　　　　B. 中曽根さんです。　　　C. 男の人です。　　　　D. 女の人です。

5番　女の子はどうして手伝いますか。

男：この頃、よくお手伝いをするんだって、お母さんが助かって喜んでいたよ。

女：だって、お母さん帰ってくるの、遅いんだもの。おなかすいちゃって。

男：自分やるしかないって言うわけか。

　女の子はどうして手伝いますか。

A. お母さんを助けたいからです。　　　　　B. お母さんが喜ぶからです。

C. 自分でしたいからです。　　　　　　　　D. 早くご飯が食べたいからです。

6番　男の人はテレビをどうしますか。

男：うちのテレビ、壊れちゃったんだ。新しいのを買おうかな。

女：修理しても高いのよね、けっこう。

男：長い時間見なくてもいいんだけど、ニュースは見たいんだよな。

女：うちに使っていないテレビがあるだけど、それでもいいかしら。

男：ん、助かるよ、ありがとう。

　男の人はテレビをどうしますか。

A. 女の人にテレビをもらいます。　　　　　B. 新しいのを買います。

C. テレビを直します。　　　　　　　　　　D. テレビはもう見ません。

7番　男の人が電車で席を譲られたことについて話しています。男の人は今、どんな気持ちですか。

男：今日ね、電車のなかで、席を譲られちゃってね。

女：あら、今時、親切な人がいるのね。

男：冗談じゃないよ。

女：あなた、よっぽどくたびれて見えたんじゃない。で、どうしたの？座ったの？

男：まさか。座らなかったよ。

女：あら、そういう時、感謝して素直に座るのよ。断ったら、相手も困るじゃない？

   男の人は今、どんな気持ちですか。

A. 席を譲られたことにショックを受けています。   B. 席を譲ってくれた人に感謝しています。

C. 席に座れなかったんで残念に思っています。   D. 席に座れたので喜んでいます。

8番　お父さんは山田さんに何をさせましたか。

男：山田さん、昨日の夜、テレビの映画、見た？

女：見たかったんだけど、できなかったの。父に妹の宿題を見るように言われて。

男：僕も今日、テストがあるから、見ることができなかったんだ。

女：今週はレポートもあるしね。

   お父さんは山田さんに何をさせましたか。

A. 宿題をさせました。   B. 妹の勉強の手伝いをさせました。

C. テストの勉強をさせました。   D. レポートを書かせました。

9番　アンケートの一位は何ですか。

女：結婚相手の男性の条件について調査したアンケートなんだけど、一位は何だと思う？

男：顔とか身長とか、見かけじゃない？

女：それは、見かけも大事だけど、はずれ。

男：じゃあ、性格。んー、意外に収入だったりして？

女：一緒に暮らすだから、性格が大切に決まっているんでしょう。私は、優しくて、頼もしい人が

   いいなあ。

   アンケートの一位は何ですか。

A. 収入です。   B. 見かけです。   C. 身長です。   D. 性格です。

10番　男の人はどうしたらいいと思っていますか。

女：大原さんは元気ないみたいんだけど。

男：奥さんと喧嘩したらしいよ。それで、奥さん実家に帰っちゃったんだって。

女：ほんと？わたしたち、できることないかな。奥さんを説得して、帰ってもらうとか。

男：他人が下手に口を出すと、収まるものも収まらなくなるよ。大原さんって、何も言ってこないんだし。

   男の人はどうしたらいいと思っていますか。

A. 何もしないほうがいいと思っています。

B. 説得が上手な人が奥さんと話すべきだと思っています。

C. 大原さんが謝りに行くべきだと思っています。

D. 大原さんがどう考えているかを聞くべきだと思っています。

11番 次は親子の会話です。お父さんは何を注意しましたか。

親：花子。

子：なあに。

親：「なあに」じゃない。また、服脱ぎっぱなしにして、女の子だから、きちんとしたらどうなんだ？

子：また、そういうこと言う。女だとか、男だとか、言わないでって、言ってるでしょう。

　　お父さんは何を注意しましたか。

A. 娘が男の服を着ていることです。

B. 娘の言葉の使い方です。

C. 娘が服を片付けないことです。

D. 娘が乱れている服をしていることです。

12番 男の人は大山さんのことをどんな人だと言っていますか。

男：大山さんって、いい人だな。

女：そうね、気が利く人よね。

男：うん、話もよく聞いてくれるし、きれい好きだし。

女：うん、社長の秘書にぴったりよね。

男：いや、いい奥さんになるだろうな。

女：なあんだ、わたしは仕事のこと言ってるのかと思った。

　　男の人は大山さんのことをどんな人だと言っていますか。

A. お母さんのような人です。

B. 結婚相手としていい人です。

C. 会社員としてよい人です。

D. 恋人みたいな人です。

13番 女の人の話と合っているのはどれですか。

男：今度の日曜日、一緒にドライブしない？

女：日曜日ですか。どこへ？

男：京都。紅葉が一番いい季節だからね。

女：あ、わたしも、一度京都へ行ってみたかったんだ。

男：だろう、行こうよ。

女：でも、日曜日の天気予報、雨だったような。

男：いいじゃない、葉っぱが雨にきらきら光って、きれいだよ。

女：そうね。考えておくわ。

　　女の人の話と合っているのはどれですか。

A. 天気がよかったら行きます。

B. 天気が悪くても行きます。

C. 天気が悪ければ行きません。 　　　　　　　　　D. まだ決めていません。

14番 女の人はどうしてバスを利用しないのですか。

女：今日は、雨が降るそうだから、自転車をやめようかしら。

男：危ないからね。でも、バスはやめたほうがいいよ。この時間なかなか来ないから。

女：じゃ、バスをやめよう。でも、地下鉄も込んでいますよね。どうしようかしら。

　　女の人はどうしてバスを利用しないのですか。

A. 自転車が壊れたからです。 　　　　　　　　　B. 雨が降るからです。

C. バスが来ないからです。 　　　　　　　　　　D. バスが危ないからです。

15番 二人はそのあと何をしましたか。

男：困ったな。映画が始まるまで後一時間半もあるのよ。どうする？

女：そうね、コーヒーは今飲んだばかりだし、デパートは込んでいるだろうから。

男：天気がいいから、近くの公園を散歩しようか。

女：そうね、でも、ちょっと疲れたわ。

男：そうか。じゃ、うろうろしないで、ベンチに座って、ゆっくりしよう。

女：そうね。公園の花がとてもきれいだから、そうしましょう。

　　二人はそのあと何をしましたか。

A. 二人は公園に行って散歩します。 　　　　　　B. 二人は公園に行ってベンチに座ります。

C. 二人はデパートに行ってコーヒーを飲みます。　D. 二人はこれからデパートへ行って買い物をします。

16番 アパートで、隣同士の男の人と女の人と話をしています。女の人は男の人にどうしてもらいた
　　　　いと思っていますか。

女：あら、今晩は、今お帰りですか。

男：ええ。

女：大変ですね。こんな夜遅くまで、朝もお早いようだし。

男：仕事ですからね。仕方がないんですよ。

女：そう。あ、それでね、ちょっとお話をしておきたいことがあるんですけど。

男：何でしょう。

女：あのう、違ってたらごめんなさいね。夕べ出してあったゴミ、山本さんのじゃないのですか。

男：え、あー、あー、そうですけど。

女：あのう、ゴミはね、月曜日と木曜日に出すことになっているんですよね。

男：あ、そうでしたね。あさ、忙しいもんで、つい…これから気をつけます。

女：お願いしますね。

　女の人は男の人にどうしてもらいたいと思っていますか。

A. 朝早く出て行かないでほしいと思っています。

B. ゴミを出すのをやめてほしいと思っています。

C. ゴミを違う日に出すのをやめてほしいと思っています。

D. 遅くまで仕事をしないでほしいと思っています。

17番　女の人は上海の生活で何が一番いいといっていますか。

男：やっぱり、田舎はいいなあ。空気もきれいだし、のんびりしているし。

女：あーら、王さんはたまに来るから、そう思うのよ。上海の生活のほうがずっといいわよ。

男：そりゃは、どこへ行くにも便利だし、何でもすぐ手に入るけど。

女：そうよ。それに、なんと言っても働くチャンスって言うのがたくさんあるじゃない。

男：それは確かに上海の大きな魅力だね。それにしても、上海は人が多すぎるよな。

　女の人は上海の生活で何が一番いいといっていますか。

A. 人が多いことです。　　　　　　　　B. 交通が便利なことです。

C. 働くチャンスが多いことです。　　　　D. ほしいものは何でもあることです。

聴解B　次の話を聞いて、正しい答えをA、B、C、Dの中から一つ選びなさい。では、はじめます。

18番　女の人が話しています。相談したいことは何ですか。

女：五月になって、息子が大学へ行かないって言って、休むことが多いのです。家で寝ているか、ため息ばかりついています。新しい環境の変化に疲れたのでしょうか。五月病でしょうか。どうしたらよいでしょうか。

　相談したいことは何ですか。

A. 自分がため息ばかりつくこと　　　　B. 息子が全然大学へ行かないこと

C. 女の人が五月病であること　　　　　D. 息子の体が弱いこと

19番　なぜシャワーで水をやりますか。

女：この植物は日陰を好みますので、部屋の中においてかまいません。ただし、部屋の中は乾燥しますので、土が乾いたらすぐ水をやってください。そして、一ヶ月に一度ぐらいお風呂場で上からシャワーをかけて、一晩放置するといいです。もともと湿気の多いところで育ったものなので、こうすると生き生きとしてきます。

なぜシャワーで水をやりますか。

A. 日陰を好むから

B. 一晩おいておかなければならないから

C. 部屋の中は乾燥するから

D. 育った環境と似ているほうがいいから

20番　内容と合っているものはどれですか。

女：この本は10才の少年が冒険を通して成長した物語です。もともとこれは子供向けに書かれたものですが、子供だけでなく、大人の皆さんにもぜひお勧めしたい作品です。厳しい現実を少し忘れ、子供に戻って、冒険の旅をお楽しみください。

　　内容と合っているものはどれですか。

A. 大人にもこの本を読んでほしい

B. 子供はこの本を読むべきではない

C. 冒険をしない限り、子供は成長できない

D. 大人は子供と旅行を楽しんだほうがいい

大学日本語専攻生四級能力試験問題（2007）

聴解A　次の会話を聞いて、正しい答えをABCDからひとつ選びなさい。では、はじめます。

1番　北京へ何回出張しましたか。

男：明日から北京へ出張なんですよ。

女：そうですか。北京は初めてですか。

男：何回も行ってます。北京はいい町ですね。

女：ええ、食べ物がおいしいですよね。

男：そうですね。

　　北京へ何回出張しましたか。

A. はじめて　　　　　　B. 何回も　　　　　　C. 何回　　　　　　D. 7回

2番　説明書は何冊ぐらい用意したらいいですか。

男：ええと、説明会の出席者は何人ですか。

女：この大きなテーブル二つにそれぞれ15人ずつ座る予定よ。

男：じゃ、5冊ほど多めに用意しておきますか。

女：そうね。ぴったりじゃなんだからね。

　　説明書は何冊ぐらい用意したらいいですか。

A. 15冊です。　　　　B. 25冊です。　　　　C. 30冊です。　　　　D. 35冊です。

3番 男の人は買った携帯のどこが一番いいと言っていますか。

男：この携帯にしてよかったよ。

女：そう？前のは使いにくいって言ってから、よかったわね。

男：MP3機能付のものがどうしてもほしかったからね。それに小さい割には画面もそんなに見難くないしね。

女：それって大事よね。画面が見にくいと疲れるものね。

男：でもそうなんだよ。なんと言っても、値段が気に入ったよ。

女：デザインもいいじゃない？

男：もちろん、デザインも今までの中では最高だけどね。

　男の人は買った携帯のどこが一番いいと言っていますか。

A．デザインがいいことです。　　　　　B．画面が見やすいことです。

C．値段が安いことです。　　　　　　D．MP3機能がついていることです。

4番 誰が引っ越しましたか。

男：ああ、疲れた。

女：あら、佐々木さんどうしたの？

男：引越しの手伝い、山本先輩の。一緒に行ってくれって、小泉に頼まれてね。

女：あれ？小泉君？彼女とデートしてたわよ。さっき。

男：ええ？あいつ、急用が出来たから、一人で悪いけどって。何ってやつだ。

　誰が引っ越しましたか。

A．山本さんです。　　　　　　　　　B．小泉さんです。

C．佐々木さんです。　　　　　　　　D．小泉さんの彼女です。

5番 女の人はどうして相談していますか。

男：どうした？そんな深刻そうな顔して。また携帯壊れたのか。

女：ううん、そうじゃなくて。見て、こんなのが毎日来るの。

男：何だこれ？知らない人からか？

女：そうよ。それも、一通や二通じゃないのよ、これ全部同じところからなの。どうしよう。なんだが気味が悪くて。

男：ああ、これはひどいな、迷惑メールだよなあ。絶対返事なんか出すなよ。

　女の人はどうして相談していますか。

A．知らない人が来たからです。　　　　B．知らない人から電話がかかったからです。

C．携帯電話が壊れたからです。　　　　D．迷惑メールがたくさん来たからです。

6番 誰が先生の家のパーティーに行きますか。

男：今度の日曜日先生の家のパーティーに招待されたんだ。それで、王さんもどうぞって。

女：私も？嬉しいけど、着ていく服もないし。緊張するし、あんまり気が進まないわ。

男：でも、行かないわけには行かないだろう。

女：それはそうだけど。やっぱりあなた一人で行ってよ。

男：新しい洋服買えばいいし、そんなこと言わないでさ。

女：じゃあ、今度私の先生に言われたときも、つきあってよ。

　　誰が先生の家のパーティーに行きますか。

A．男の人だけが行きます。　　　　　　　B．女の人だけが行きます。

C．二人とも行きます。　　　　　　　　　D．二人とも行きません。

7番 女の人は何が一番よかったと言っていますか。

女：今年の海外旅行去年より楽しかったわよね。なんと言っても料理がよかったわよね。男：料理も
　　いいけど、温泉が気持ちよかったよなあ。

女：そうそう、山登りの後に入った湯が気持ちよかった。

男：汗をかいて、頂上に着いた。あの爽やかな感じはたまらなかったなあ。

女：そうね。天気もよかったし。でも、やっぱりその後で食べた料理がおいしかったなあ。

　　女の人は何が一番よかったと言っていますか。

A．温泉です。　　　　B．料理です。　　　　C．山登りです。　　　　D．天気です。

8番 女の人は何が一番得意ですか。

男：田中さんは何でも出来ていいですね。

女：そんなことないですよ。

男：いや、茶道も花道も上手だし、いろいろな国の料理もなさるそうですね。

女：いいえ、おいしいものが食べたいだけですよ。

男：今度、ご馳走になろうかなあ。

女：でも、どちらかと言うと、スポーツのほうが得意ですね。水泳とかスキーとか。

男：ええ？スポーツもなさるんですか。

女：ええ、でも水泳よりスキーがいいですね。今度、スキーに行きませんか。

男：あ、僕はちょっと。

　　女の人は何が一番得意ですか。

A．スキーです。　　　　B．料理です。　　　　C．茶道です。　　　　D．水泳です。

9番 現場はどこでしょうか。

女：すみません、店の前で女の人が倒れてるんですけど。

男：どちらですか。

女：駅前の山田商店です。

男：分かりました。すぐ行きます。現場には誰が…

女：ええ、主人と娘が…

　　現場はどこでしょうか。

A．交番の前です。　　　　　　　　　　B．主人と息子の会社の前です。

C．山田商店の前です。　　　　　　　　D．駅前です。

10番 二人の乗っているものは何ですか。

女：ずいぶん混んでいますね。ずっと繋がっているようですね。

男：ええ、この時間はいつもそうなんです。

女：間に合うでしょうか。

男：もう少し進めば、近道あるんですよ、そこにさえ出れば…

女：じゃあ、それを期待して。

　　二人の乗っているものは何ですか。

A．車　　　　　　　B．電車　　　　　　C．飛行機　　　　　　D．バス

11番 男の人は誰ですか。

男：子供のときの写真？

女：そう、みんなで温泉に行った時よ。

男：これ、お兄さん？変わってないなあ。ええと、きみは？これかなあ。

女：それは花子ちゃん。いやね、自分の妻が分からないなんて。これよ。

　　男の人は誰ですか。

A．女の人の友達です。　　　　　　　　B．女の人の弟です。

C．女の人の夫です。　　　　　　　　　D．女の人の友達の夫です。

12番 面接官はどう思いましたか。

男：この会社を選んだ理由は？

女：先輩からの紹介と会社の感じが自分にあっていると思い、志望しました。

男：先輩のお名前は？

女：ええと、あのう…

男：分かりました。次の質問に移ります。

　　面接官はどう思いましたか。

A. なかなかすばらしいと思いました。

B. たぶん先輩の話というのはうそだと思いました。

C. 会社についてもっと聞きたいと思いました。

C. 理由の説明が他の学生よりいいと思いました。

13番　正しい薬の飲み方はどれですか。

女：安倍さん、安倍一郎さん。

男：はい。

女：お薬です。この青いほうは食後に二錠ずつ、それに黄色いほうは四時間おきに一錠ずつ飲んでく
　　ださい。

男：分かりました。ええと。

女：きいろいほうは家に帰ってすぐに飲んでください。

　　正しい薬の飲み方はどれですか。

A. 青いほうは何か食べた後に二錠ずつ、黄色いほうは四時間後に一回飲む。

B. 青いほうは何か食べた後にすぐのむ。

C. 青いほうは朝食と夕食後に二錠ずつ、黄色いほうは4時間おきに一錠ずつ。

D. 青いほうは食事の後に二錠ずつ、黄色いほうは四時間ごとに一錠ずつ。

14番　昨日田中さんはどうしましたか。

女：今日、田中さんは会社を休んでいますが、どうしたんですか。

男：風邪を引いたので、休むと言っていました。

女：そういえば、昨日体の調子が悪いと言っていましたね。

男：ええ、それで、家まで送っていたんですよ。

女：そうですか。それじゃ、この書類は明日渡すことにします。

　　昨日田中さんはどうしましたか。

A. 風邪を引いて、会社を休みました。

B. 風邪を引いて、病院に行きました。

C. 体の調子が悪い人を送りました。

D. 体の調子が悪かったので、送ってもらいました。

15番　学生の探している雑誌がどこにありましたか。

男：すみません。先ほど先生が紹介くださった雑誌が見せていただきたいんですが…

女：ああ、あれならそこの本棚にありますよ。

男：ええと、どちらのでしょうか。

女：左側のですよ。三段目の真ん中あたりに。そう、日中字典の隣あたりに。

男：ああ、ありました。ちょっと見せてください。

　　学生の探している雑誌がどこにありましたか。

A. 左側の本棚の隣あたりに

B. 左側の本棚の日中辞典の近くに

C. 左側の本棚の一番上に

D. 左側の本棚の中日字典の近くに

16番　佐藤さんはどうしますか。

男：佐藤さんは今度の旅行はどうしますか。

女：ええ、行きたいんだけど、今のところまだ分からなくて。

男：そうですか。僕が美紀さんと一緒に行くんで、どうかと思ったんですけど。

女：ありがとう。

男：じゃ、また後で。

　　佐藤さんはどうしますか。

A. 美紀さんに電話をします。

B. 行きたいので、必ず行きます。

C. 予定があるので、行きません。

D. 都合がつけば行きます。

17番　男の人は何を買いますか。

男：もしもし、僕、これから帰るよ。

女：ああ、ちょうどよかった。買ってほしいものがあるんだけど、いい？ええと、パンとトマトと牛乳。油も切れているんだけど、重いからいいわ。

男：スーパーはもうしまっているから、駅の売店で買って帰るよ。

女：ああ、駅の売店には野菜はないわね。じゃあ、しょうがない、トマトもいいわ。

男：ほかは？ビールなんか？

女：あるある。

　　男の人は何を買いますか。

A. パンと牛乳です。

B. パンとトマトです。

C. パンとトマトと牛乳です。

D. パンとトマトと油とビールです。

18番　この人はどんな辞書を買おうと思っていますか。

男：今度、新しい辞書を買おうと思っています。今使っているものは少し古くて、新しい言葉があまり出ていないんです。特に今の若い人の日本語は外来語も多く、そのためにも、早く買わなけれ

ばと思っています。

この人はどんな辞書を買おうと思っていますか。

A. 新しい辞書で大きな物

B. 新しくて何でも出ているもの

C. 新しい辞書なら何でもいい

D. 外来語などの新しい言葉の多い辞書

19番 テレビの台風情報です。台風はいつ関西地方に上陸しますか。

大型で強い台風19号が11月4日午後5時現在沖縄付近の海上を北上しています。このままのスピードで、北上続けますと、明朝五時ごろ関西地方に上陸模様です。今後、風が次第に強くなり雨も激しくなることが予想されますので、十分ご注意ください。

テレビの台風情報です。台風はいつ関西地方に上陸しますか。

A. 11月4日の午前5時です。

B. 11月4日の午後5時です。

C. 11月5日の午前5時です。

D. 11月5日の午後5時です。

20番 年配の人はどんな食べ方をしたほうがいいですか。

年をとると、夜の酒の席おおくなりがちですから、栄養のバランスが悪く、病気にならないともかぎりません。ですから、酒のつまみを食べるという感覚ではなく、食事を取ると考えて、いろいろな種類の食品を組み合わせて召し上げるようにしてください。

年配の人はどんな食べ方をしたほうがいいですか。

A. 酒を飲むときは、酒とのバランスを考えて、つまみを食べます。

B. 酒を飲むときは、いろいろな種類の食品をとります。

C. 酒を飲まないで、きちんと食事をします。

D. 酒を飲むときは、つまみを食べません。

大学日本語専攻生四級能力試験模擬テスト（一）

聴解A 次の会話を聞いて、正しい答えをA、B、C、Dの中から一つ選びなさい。では、はじめます。

1番 夫と妻が話しています。夫の帰りが遅くなる本当の理由は何ですか。

男：今日も残業だから遅くなるよ。

女：また今日も？最近、毎日残業って言ってるけど、本当はどこかに飲みに行ったりしてるじゃないの？

男：えっ…、ど、どうしてわかるの？

女：わかるわよ、そんなことぐらい。どうせお金を使うんだったら、習い事をしたり、運動したりしたほうが体にもいいし、自分のためにもなるのに…。

男：う、うん……。それもそうだな、考えてみるよ。

夫の帰りが遅くなる本当の理由は何ですか。

A. 残業しているからです。

B. 運動しているからです。

C. 習い事をしているからです。

D. お酒を飲みに行っているからです。

2番　男の人と女の人が話しています。今年二人は授業にちゃんと出ていますか。

男：君今年は欠席が多くないか。

女：うん、まあね。でもあなたも去年はずいぶん欠席したじゃない。

男：うん。でも今年は欠席が一回だけだよ。

今年二人は授業にちゃんと出ていますか。

A. 男の人は欠席が多いですが、女の人は少ないです。

B. 男の人は欠席が少ないですが、女の人は多いです。

C. 男の人も女の人も欠席が多いです。

D. 男の人も女の人も欠席が少ないです。

3番　男の人と女の人が話しています。あきら君は、今、何歳ぐらいですか。

女：あきら君、しばらく会わないうちに大きくなりましたね。この前会ったのは、確か、あきら君が
　　小学校に上がる前でしたから、あれからもう十年以上になりますね。

男：ええ、でも、大きくなったのは体ばっかりで、学校の成績の方はさっぱり駄目なんです。

女：そう言えば、あきら君、今年は大学受験でしたね。

あきら君は、今、何歳ぐらいですか。

A. 中学生で、13 歳か 14 歳です。

B. 高校生で、15 歳か 16 歳です。

C. 高校生で、17 歳か 18 歳です。

D. まもなく 20 歳です。

4番　二人は何について話していますか。

女：来月からガスに電気に水道、それにタクシーって料金が上がるらしいですよ。

男：えー、公共料金もそんなに上がるの。

女：ええ。これじゃ、全然やっていけませんよね。

男：昇給ゼロだったし、高速代は上がるし、ガソリン代はばかにならないし。

女：お肉だって、お野菜だって。

男：それにレストランで食べるなんて、できないよね。

女：これじゃ、生活できないわよ。

男：なんとかしてもらわなくちゃね。

二人は何について話していますか。

A. 旅行についてです。
B. 物価についてです。
C. 料理についてです。
D. 人生についてです。

5番 男の人が理想の奥さんについて話しています。今の奥さんはどんなタイプの人ですか。

男：あぁ～。物事はっきり言わない人が良いな。

女：じゃあ、全然逆じゃない、彼女。

男：それに遠慮がちで大人しいタイプ。いつも家で待っててくれるような。

女：そりゃ無い物ねだりってもんよ。

男：細かいこと気にしないのだけは良いんだけどなあ。

男の人の奥さんはどんなタイプの人ですか。

A. 細かいことを気にするタイプです。
B. いつも家で待っていてくれるタイプです。
C. はっきり物を言うタイプです。
D. 大人しいタイプです。

6番 女の人が飾り物のケーキを食べて怒っています。男の人はどうしてそれを置いたのですか。

女：あっ、痛い。何、このケーキ。サンプルじゃない。

男：あっ、吉田さんだったか。ふふ～

女：あんまり良く出来てるから、思わず食べちゃったじゃない。

男：でしょう。僕もさっきだまされちゃったんだよ。

女：まったく、人をからかって。

男の人はどうしてそこに飾り物のケーキを置きましたか。

A. 誰がだまされるか知りたかったからです。

B. 吉田さんがきっと食べてしまうと思ったからです。

C. サンプルがとてもうまく作れたからです。

D. 吉田さんをからかうためです。

7番 男の人と女の人が話しています。男の人は女の人に何をするように言いましたか。

女：今度の雑誌の表紙ですが、これでどうでしょうか。

男：だいたいいいですけど、この丸がちょっと大きいんじゃないかな。

女：でも、あんまり小さいと。

男：ええ、だからちょっとだけねえ。

女：ただこの隣の青い四角が大きめだから、丸を換えるなら、こっちも換えないと。

男：いや、やっぱりこれを多少換えましょう。そうしてください。

女：分かりました。

男の人は女の人に何をするように言いましたか。

A. 丸を小さくする。   B. 丸も四角も小さくする。

C. 丸を大きくする。   D. 丸も四角も大きくする。

8番 父親と娘と息子が話しています。ハイキングに行ったのは誰ですか。

父：ハイキング、どうだった？

娘：花がいっぱいで、もう春って感じだったわ。

息子：ほんと、僕も行きたかったな。

父：あれ、お前、行ったはずじゃ。

息子：ううん、行くつもりだったんだけど。

父：そう。

ハイキングに行ったのは誰ですか。

A. 父親と娘と息子です。   B. 娘と息子です。

C. 父親と娘です。   D. 娘です。

9番 男の人と女の人が話しています。男の人はどうして女の人に本を買ってきましたか。

男：はい、この本。

女：え？誕生日は先月だったよ。クリスマスでもないし。

男：いやだなあ。

女：なに？わたしに読ませたいの？

男：君が買ってきてくれって言っただろう。

女：え、そう？ああ、そう言えば…。

男の人はどうして女の人に本を買ってきましたか。

A. 誕生日だからです。   B. クリスマスだからです。

C. 女の人に読ませたいからです。   D. 女の人が頼んだからです。

10番 男の人と女の人が1千万円の使い道について話しています。女の人はどう使いたいと言っていますか。

男：今度の宝くじで1千万円あたったら、何に使おうか。

女：1千万円？当たってもいないのに。

男：そんな夢のないこと言わないで。僕だったら、5百万円ぐらいの車を買って、残りは船でゆっくり世界を周りたいな。

女：旅行はいいけど、船はね…。私は国内で列車がいいわ。それから、残りは家を買うときに使いたいわね。

女の人は1千万円をどう使いたいと言っていますか。

A. 家を買うのと船の旅行。　　　　　　B. 家を買うのと列車の旅行。

C. 車を買うのと船の旅行。　　　　　　D. 車を買うのと列車の旅行。

11番　男の人と女の人が話しています。二人はどうして会えませんでしたか。

男：月曜日はどうしたの？

女：えっ、何のこと？

男：ひどいな。7時に約束してたじゃない。

女：ええ、金曜日の7時でしょ？

男：えっ？じゃ、手帳を見てみたら。

女：あっ、ほんとだ…。

男：だろう？

二人はどうして会えませんでしたか。

A. 女の人が曜日を間違えたからです。　　B. 男の人が曜日を間違えたからです。

C. 女の人が時間を間違えたからです。　　D. 男の人が時間を間違えたからです。

12番　二人の女の人が昔の歌を聞きながら、懐かしがっています。踊りはどうやって覚えたといっていますか。

女1：懐かしいよね。この曲。

女2：よく歌いながら、踊ったわ。

女1：歌はレコードを聞いてすぐ覚えたわね。

女2：ほら、朝起きると、すぐ新聞で歌詞が出る番組をチェックして、時間が来ると、テレビの前に走っていって練習したじゃない。よく覚えられたわね。やっぱり若かったからよ。今はできないわ、もう。

踊りはどうやって覚えたといっていますか。

A. 新聞を見て覚えました。　　　　　　B. ビデオにとって覚えました。

C. テレビを見て覚えました。　　　　　D. レコードを聞いて覚えました。

13番　女の人と男の人が話しています。女の人はどうして遅れましたか。

女：すみません、遅れてしまって。

男：心配しましたよ。事故にでもあわれたんじゃなかったと思って、一台乗り遅れたとかですか。

女：実は、朝、ちょっと寝坊はしたんですけど。

男：ああ。それで。

女：いや、タクシーに乗って、なんとか予定の新幹線には間に合ったんです。

男：ああ、そうですか。じゃ、どうして。

女：それが、もうすこしで着くって時に、信号故障だとかで動かなくなってしまって。

男：じゃあ、新幹線が遅れたんですね。

女：ええ、ご心配をおかけして、すみませんでした。

　女の人はどうして遅れましたか。

A. 朝寝坊したからです。

B. 車の事故にあったからです。

C. 新幹線の信号が壊れたからです。

D. 予定の新幹線に乗り遅れたからです。

14番　女子高校生が話しています。二人は親にどうして欲しいと言っていますか。

女A：最近の大人って元気ないよね。うるさく言わないのは良いんだけど。何かねえ。

女B：自分達に自信ないからはっきり言えないんだ。

女A：うん。この間もね、親が何にも言わないから、弟を叱ったの、私よ。

女B：へえ、格好良い。

女A：そうでもないけど。正直言って、私も時々そうされたいと思ってるの。

女B：おかしいけど、私も。

　二人は親にどうして欲しいと言っていますか。

A. うるさくしないで欲しいと言っています。

B. 正直になって欲しいと言っています。

C. 何も言わないで欲しいと言っています。

D. 時々叱って欲しいと言っています。

15番　課長と社員がレポートの締め切りの日について話しています。締め切りは何日ですか。

男：どうしたんだ。締め切りなのにまだ誰かのレポート出てないじゃないか。

女：課長、締め切りを2日伸ばすっておっしゃったじゃないですか。

男：で、今日がそのいつかだろ。

女：今日はまだ4日ですよ。

男：おっ、そうだっけ。そりゃ失礼。

　レポートの締め切りは何日ですか。

A. 2日です。　　　　B. 3日です。　　　　C. 4日です。　　　　D. 5日です。

16番　男の人と女の人が話しています。どうして部屋が寒いのですか。

男：なんか寒いね、窓開いてるんじゃないの？

女：ドアじゃないですか。時々太郎があけっぱなしにするから。

男：いや、閉まってたと思うけどなあ。見てきてよ。

女：あなたいってくださいよ。

男：しようがないなあ。

女：あら、どうでしたか。

男：窓でもないな。あれ、このストーブ。

女：あっ、いけない。さっき、ちょっと空気が悪くなったと思って。

男：何だ。寒いわけだ。

　　どうして部屋が寒いのですか。

A. 窓が開いているからです。　　　　　　　B. ドアが開いているからです。

C. ドアも窓も開いているからです。　　　　D. ストーブが付いていないからです。

17番　お母さんと娘が話しています。お母さんはどうして頭が痛いのですか。

母：ああ、頭が痛い。

娘：風邪？わかった。飲みすぎでしょう？

母：ばか言うんじゃないの。

娘：じゃ、お父さんの会社、危ないとか。

母：あのうねえ、あなたのテストでしょう？原因は。

　　お母さんはどうして頭が痛いのですか。

A. 風邪を引いたせいです。　　　　　　　　B. 飲みすぎたせいです。

C. 子供の成績が悪いせいです。　　　　　　D. お父さんの会社が危ないせいです。

聴解B　次の話を聞いて、正しい答えをA、B、C、Dの中から一つ選びなさい。では、はじめます。

18番　女の人がペットについて話しています。この人はペットの新しい役割はどんなことだと言って
　　　　いますか。新しい役割です。

女：ペットは、昔から人間にとって非常に重要なものでした。特に犬は、可愛がられるためだけではな
　　く、目の不自由な人や体に障害のある人を助けるという役割もしています。最近、お年寄りや重い
　　病気の人がペットと接することによって、元気になったり病気がよくなったりするということも分
　　かりました。つまり、ペットには、人の病気を治すという役割も加わったのです。

　　この人はペットの新しい役割はどんなことだと言っていますか。

A. 目の不自由な人を助けることです。　　　B. 病気の人を元気にすることです。

C. 可愛がられることです。　　　　　　　　D. 障害のある人を助けることです。

19番 女の人が話しています。女の人は博物館がなくなるのはどうしてだと言っていますか。

女：実は私の勤めている自然博物館がなくなることになったんです。ここは、今まで、子どもたちの夢を育てる場として十分役立ってきたはずなんですが…。経営状態はよかったにもかかわらず、博物館の館長1人の考えでこうなるんて、本当に残念です。理科の嫌いな子どもも増えているというのに、これでいいのでしょうかね。

　　女の人は博物館がなくなるのはどうしてだと言っていますか。

A. 館長が経営をやめると決めたからです。　　　B. 理科の嫌いな子どもが増えているからです。

C. 経営状態がよくないからです。　　　　　　　D. 子どもたちの夢を育てられないからです。

20番 男の人が話しています。この人は会社を辞めた最も大きな理由は何ですか。

男：私が会社をやめた理由は、いくつかあります。毎日夜遅くまで仕事をしなければならなかったので、帰宅時間もたいてい11時過ぎでした。おかげで家族との会話が少なくなってしまいました。しかも、こんなに働いても、給料はずっと安いままでしたし、なんといっても、仕事に対する考え方は、課長と会わなかったことは、大きいですね。仕事についての不満はどんな会社でもあると思うので、仕方がないと思いましたが、これだけはどうしても我慢ができませんでした。

この人は会社を辞めた最も大きな理由は何ですか。

A. 仕事は夜遅くまであったからです。　　　　　B. 家族との会話が少なくなったからです。

C. 給料が安かったからです。　　　　　　　　　D. 課長と考え方が違ったからです。

大学日本語専攻生四級能力試験模擬テスト（二）

聴解A 次の会話を聞いて、正しい答えをA、B、C、Dの中から一つ選びなさい。では、はじめます。

1番 男の人が女の人と会う約束をしていましたが、会えなくなりました。その理由は何ですか。

女：もしもし。

男：あっ、僕だけど。悪いんだけど、今日の約束、だめになっちゃったんだ。今病院から電話してるんだ。

女：へえ、どうしたの。病気？

男：いや、弟がね。さっき家へ帰る途中でちょっと事故に遭っちゃってさ。

女：へえ、私も行きましょうか。

男：いや、いいよ、いいよ。

　　男の人が女の人に会えなくなった理由は何ですか。

A. 男の人が病気だからです。　　　　　　　　　B. 弟さんが病気だからです。

C. 男の人が怪我をしたからです。　　　　　　　D. 弟さんが怪我をしたからです。

2番 飛行機の中で旅行客同士が話しています。男の人はこれからどうしますか。

男：あの、これからちょっと寝ようと思うんですが。

女：でもあと30分で食事ですよ、食事の後にしたらいかがですか。

男：ええ。でもあまりおなかがすいてないんですよ。

女：食事は決まった時間にしたほうがいいですよ。

男：そうですね。じゃ、食事の時間になったら、起こしていただけますか。

女：ええ、いいですよ。

　　男の人はこれからどうしますか。

A. 寝た後で食事をします。　　　　　　　　B. 食事をした後で寝ます。

C. 寝ないで食事をします。　　　　　　　　D. 何も食べずに起きています。

3番 話の聞き方についてインタビューしています。男の人はどう考えていますか。

男：私はですね、仕事柄いろいろな講演をよく聞いて勉強していますが、こんなふうに考えています。人の話は大体3分聞けばわかるんです。その話が聞くに値するかしないか、最初の3分で決めるんです。

女：最初の3分で、いい話かだめな話しか決めるんですね。

男：そうです。それでどうでもいい話の時は居眠りをすることにしてるんです。

女：はっ。

男：そのほうが疲れなくていいんですよ。

　　男の人はどう考えていますか。

A. 人の話は3分聞くとわかります。　　　　B. 人の話は3分聞くと疲れます。

C. 人の話は3分聞くと眠くなります。　　　D. 人の話は3分聞くと勉強になります。

4番 男の人と女の人がパーティーの会場を見に行きました。この会場の問題点はなんですか。

男：ここ料金的にはまずまずだけど、設備がちょっとね。

女：んー、設備もだけど、料理の味が落ちると思わない。

男：そう？味より量が少ないのがむしろ問題だと思うけど。

女：え、そうかな。ま、それに駅から遠いし、やめようか。

男：あ、ここに頼めばバスは出してくれるんだよ。

女：そうか、でもここは…

男：そうだね。

女：もう少し探そう。

　　この会場の問題点は何ですか。

A. 料金と設備です。　　　　　　　　　　B. 設備と料理です。

C. 料理と交通の便です。　　　　　　　　D. 交通の便と料金です。

5番　女の人が新しい部屋を探しています。今のアパートは何が問題なのですか。

男：小林さん、引越したいんだって？

女：うん。色々探してるんだけど、なかなかね。

男：今のアパート、気に入ってるって言ってたのに。

女：うん、駅から近いわりには高くないし、買い物にもまあまあなんだけど、目の前に高いビルが建っ
　　ちゃって。

男：ああ、日当たりが悪くなったわけ。

女：ううん、何か覗かれてるみたいで。

男：んー。

女：大家さんも近所の人も感じ良いから、本当は移りたくないんだけど。

　　女の人が今住んでいるアパートの問題は何ですか。

A. 場所が不便なことです。　　　　　　　B. 見られているような気がすることです。

C. 部屋が薄暗いことです。　　　　　　　D. 隣の部屋にいやな人がいることです。

6番　男の人のアパートの今の問題は何ですか。

男：あ、あぁ～

女：眠いの。飲み過ぎ？

男：違うよ。この頃良く眠れなくてさ。

女：へえ。職場から目と鼻の先だから、通勤時間ゼロでたっぷり寝られて、もう極楽って言ってたじゃ
　　ない。

男：そうなんだよ。家賃も入った時から変わってないし、商店街も近いし、最高だったんだけどな。
　　目の前に高速道路が出来ちゃってね。あぁ～、前は良かったのになあ。

女：んー、そうか。

　　男の人のアパートの今の問題は何ですか。

A. 通勤時間です。　　　　B. 家賃です。　　　　C. 買い物の便です。　　D. 騒音です。

7番　男の人と女の人が話しています。男の人は音楽会の切符をどうしますか。

男：音楽会の切符あるんだけど、どう。友達が急にいけなくなっちゃって。

女：どんな音楽会。

男：ほら、来月十年ぶりに来日する…

女：え、あの音楽会？よく切符が手に入ったのね。私二倍出しても欲しかったのよ。

男：そう。それよかった。はい、これ。

女：払わせてね。

男：いいよ、いいよ。

女：それじゃ悪いわよ。じゃ、少しは出させて。

男：良いから、気にしないで。

男の人は音楽会の切符をどうしますか。

A. 買った値段で売ります。　　　　　　　　B. 買った値段より高く売ります。

C. ただであげます。　　　　　　　　　　　D. 買った値段より安く売ります。

8番　男の人と女の人が話しています。女の人は電車の中の温度について何と言っていますか。

女：日本の電車の中って、冬なんであんなに暑いんでしょうね。

男：そうですね。暑過ぎることもありますね。

女：全くエネルギーの無駄だと思います。それに夏は信じられないくらい寒いこともあるんですから。

男：寒がりの人のためには冷房の弱いのもありますよ。

女の人は電車の中の温度について何と言っていますか。

A. 暖房も冷房も強過ぎると言っています。

B. 暖房も冷房も弱過ぎると言っています。

C. 暖房は強過ぎるが、冷房は弱いと言っています。

D. 冷房は強過ぎるが、暖房は弱いと言っています。

9番　男の人と女の人が話しています。男の人のアルバイト料はどうなっていますか。

女：はい、今月分です。

男：えっ？これだけ？さっきの若いのはもっともらってたのに。

女：それはここでは年齢ではなくて、経験に応じて、アルバイト料が決まっていますので。

男の人のアルバイト料はどうなっていますか。

A. 男の人は若いので高いです。　　　　　　B. 男の人は若いので安いです。

C. 男の人は経験がないので安いです。　　　D. 男の人は経験があるので高いです。

10番　男の人と女の人が話しています。男の人がカメラを選んだ一番の理由は何ですか。

女：田中さん、それ新しいカメラ？

男：うん。昨日買ったばかりだよ。

女：とってもいいわね。小型で使いやすそう。

男：それに軽いし、デザインもいい。

女：ああ、それで買ったの？

男：いやあ、何と言ってもお値段ですよ。

男の人がカメラを選んだ一番の理由は何ですか。

A. 小さくて使いやすいからです。　　　　　B. 軽いからです。

C. デザインがいいからです。　　　　　　　D. 安いからです。

11番　男の人と女の人が話しています。男の人はなぜ怒っていますか。

男：この店、困っちゃうよ。

女：どうしたの？

男：おいしいからね、少し高いのはいいんだ。でも毎週のように来ているんだから、僕がたばこを吸

　　うことぐらい、覚えてくれてもよさそうなんだけど、何度来ても、禁煙席に通そうとするんだ。

女：ふうん。よく似た人で、たばこを吸わない人でもいるんじゃないの。

男：まさか。

男の人はなぜ怒っていますか。

A. よく似た人で、たばこを吸う人がいるからです。

B. おいしい店ですが、少し高いからです。

C. 店の人がたばこを吸う席に通そうとするからです。

D. 店の人がたばこを吸えない席に通そうとするからです。

12番　女の人と男の人が来月の会議の日程を決めています。来月の会議はいつになりましたか。

女：来月の日程だけど…みんなが覚えやすい日にしましょうよ。

男：みんな忘れっぽいからね。

女：きょうは10月15日ね。…えっと、来月は、月と日にちが同じ日にしたらどう？

男：ああ、この間9月9日にしたら、みんな忘れないで覚えていたしね。

女：そうね。…っていうことは、この日ね。はい。決まり。

来月の会議はいつになりましたか。

A. 9月9日です。　　　　　B. 9月15日です。　　　　C. 11月11日です。　　　D. 11月15日です。

13番　夫と妻が話しています。今どんな天気ですか。

夫：ただいま。

妻：お帰りなさい。あらあら、大変だったわね。

夫：今朝の予報じゃ快晴だって言うから。このごろ、天気予報はいつも外れるよな。

妻：本当。昨日も午前中は曇りだけど、午後から大雨になるって言うから、レインコートを着ていっ

　　たのに、一日中いい天気で…。

夫：ちょっと、外見てみようよ。さっきより酷くなってきたぞ。これは止みそうもないなあ。

妻：積るかなあ。すぐ溶けるんじゃない。

今どんな天気ですか。

A. 雨です。   B. 雪です。   C. 曇りです。   D. 晴れです。

14番 同じ会社で働いている女の人二人が食事に行く相談をしています。二人はどこで会いますか。

女1：どこに行く？

女2：最近オープンしたカレー専門店か、駅前の日本料理屋はどう？

女1：うんん、昨日カレーだったから、違うほうがいいなぁ。

女2：うん、じゃ、そうしよう。

女1：12時過ぎると込むから、早めに行かない？

女2：そうだね。じゃあ、11時45分に下のロビーで。

女1：あっ、ごめん。11時半にお客様がいるんだった。

女2：じゃ、さっきに店に行って、席を取っておくね。

女1：ありがとう。じゃ、また、あとで。

二人はどこで会いますか。

A. カレー専門店です。   B. 日本料理店です。

C. 会社のロビーです。   D. 駅の前です。

15番 男の子と父親が話しています。父親はどうして子供とよく遊ぶようになりましたか。

子：ねえ、最近僕とよく遊んでくれるよね。前はママとしか遊んだことなかったのに。

父：ああ、でもお父さんはいつもお前と遊びたいって思ってたんだよ。

子：だけど、どうして急に暇になったの。お父さんと遊べるのは良いんだけど。今度はママのほうが
　なかなか帰ってこないんだから、もう嫌んなっちゃう。

父：御免ね。実はお父さんの会社がなくなっちゃったんだ。それでママが頑張ってんだよ。

父親はどうして子供とよく遊ぶようになりましたか。

A. 会社の仕事が少なくなったからです。   B. 子供と遊びたいと思うようになったからです。

C. 仕事がなくなって暇になったからです。   D. 母親が子供と遊んで欲しいと言ったからです。

16番 男の人と女の人が話しています。明日男の人と女の人はどうしますか。

女：明日やっぱり出かける？

男：うん。

女：あ、そう。でも、天気が悪いみたいよ。

男：別にかまわないよ。友達に会うだけだし。

女：そう。

男：どうして？

女：ううん。おいしいお店を見つけたから、一緒に行きたかったなあって。

男：だって、前から決めてたから。

女：うん。そうよね。でも、あさって、わたし、都合が悪くなっちゃったし。

男：じゃ、どうしろっていうんだい。

女：ううん、いいの。わたし、うちでのんびりしてるから。

　　明日男の人と女の人はどうしますか。

A. 二人とも家でのんびりします。　　　　B. 二人でおいしいお店に行きます。

C. 男の人だけ出かけます。　　　　　　　D. 女の人だけ出かけます。

17番　男の人と女の人が話しています。男の人はどうしますか。

女：こんな高価なもの、とてもいただきかねます。

男：色々なお世話になったお礼の気持ちなので、そう言わず、是非ともお受け取りください。

女：そう言われても、主人に怒られますから。やはりお気持ちだけ受け取らせていただきます。

男：そうですか。では、ご主人によろしくお伝えください。

　　男の人はどうしますか。

A. 男の人は、持ってきた品を女の人に渡します。

B. 男の人は、持ってきた品を女の人のご主人に渡します。

C. 男の人は、女の人のご主人が帰ってくるのを待ちます。

D. 男の人は、持ってきた品を持って帰ります。

聴解B　次の話を聞いて、正しい答えをA、B、C、Dの中から一つ選びなさい。では、はじめます。

18番　女の人が自分の国の料理を紹介しています。この人の国ではどのようにして食べると言っていますか。

女：はい、それでは仕上げにチーズを入れてください。はい、出来上がりです。食べ方をご紹介しましょう。私たちの国では、この料理をそのまま食べることはなくて、薄く焼いたパンにつけて食べるんですが、日本のご家庭だったら温かいご飯を入れたり、うどんにかけたりして食べても美味しいと思います。

　　この人の国ではどのようにして食べると言っていますか。

A. そのまま食べます。　　B. パンにつけます。　　C. ご飯を入れます。　　D. うどんにかけます。

19番 女の人が話しています。この大学の学生の満足度が高い一番の理由は何ですか。

女：この大学の学生の満足度が高い理由は何をおいてもその独特の教育方針にあります。また、大学
　　の歴史が長いことを誇りと感じている面もあるでしょうし、施設が整っていることもその理由と
　　考えられております。さらに、周囲の環境がいいという点も、幾分満足度を高める要因となって
　　いるでしょう。

　　この大学の学生の満足度が高い一番の理由は何ですか。

A. 独特の教育方針　　　　　　　　　　　　B. 周囲の環境のよさ

C. 整った施設　　　　　　　　　　　　　　D. 大学の長い歴史

20番 女の人が説明しています。電話代がいくらか知りたいとき、何番を押せばいいですか。

女：お電話、ありがとうございます。お客様センターでございます。ご希望のメニュー番号を押して
　　ください。新しい電話機をお変えになりたい場合は1、電話機の故障については2、今月の電話
　　の料金のお問い合わせは3、留守番電話サービスについては4、その他、御用のある方は5をお
　　押しください。

　　電話代がいくらか知りたいとき、何番を押せばいいですか。

A. 1を押します。　　　　B. 2を押します。　　　　C. 3を押します。　　　　D. 4を押します。

大学日本語専攻生四級能力試験模擬テスト（三）

聴解A　次の会話を聞いて、正しい答えをA、B、C、Dの中から一つ選びなさい。では、はじめます。

1番 男の人は何を忘れましたか。

女：あれ、ジャージャーいってるけど何の音？

男：あっ、いけない。

女：いやあね。またやっちゃったの。

男：うん、あふれてた。でも風呂に入るとき、ザーッてこぼれるの、気持ちいいんだよね。

女：だめよ。もったいないことしちゃ。水不足なんだから。

男：はいはい。これから気をつけます。

　　男の人は何を忘れましたか。

A. 水を止めるのを忘れました。　　　　　　B. 電気を消すのを忘れました。

C. 火を消すのを忘れました。　　　　　　　D. 鍵をかけるのを忘れました。

2番 女の人のアルバイトはどんな仕事ですか。

男：夏休みアルバイトする？

女：もちろんよ。今年はクリーンレディーっていうのにしたの。

男：え、クリーンレディー？

女：うん、ピンクのかわいい制服を着てね。

男：レストランのウエートレスみたいだね。

女：うん、ちょっとね。で、仕事はね、電車でね、お客さんが降りてから発車するまでの間にごみを拾っ
　　たりジュースの缶を集めたりするらしいの。

男：じゃ、短い時間に急いでやらなきゃいけないんだ。結構大変だね。

　女の人のアルバイトはどんな仕事ですか。

A．レストランのウエートレスをします。　　　B．駅のホームで掃除をします。

C．駅で駅弁を売ります。　　　　　　　　　　D．車内の掃除をします。

3番　女の人はお歳暮に何をもらいたいと言っていますか。

女：田中さん、コーヒー、少し持っていかない？

男：コーヒー、僕あんまり飲まないんです。

女：そう。お歳暮でたくさんいただいて、ちょっと困ってるの。主人は飲まないし。

男：僕も、一度にたくさん果物をもらっちゃって、食べきれなかったことがありますよ。

女：お中元やお歳暮には、せっけんみたいに実用的で、長く置いても大丈夫なものが一番いいわね。

男：そうですか。僕なら、冬は日本酒ですね。

　女の人はお歳暮に何をもらいたいといっていますか。

A．コーヒーです。　　　　B．せっけんです。　　　　C．果物です。　　　　D．日本酒です。

4番　男の人がクレジットカードで買い物をしました。その支払方法はどれですか。

女：ありがとうございます。お支払いはどうなさいますか。

男：カードでお願いします。

女：はい。あの、カードのお支払いは、翌月1回払いと、ボーナス1回払い、それに3回から10回ま
　　での分割払いがございますが…。

男：ボーナス1回払いは手数料がかかりますか。

女：いいえ、かかりません。

男：じゃ、それにしてください。

女：はい、かしこまりました。

　男の人の支払方法はどれですか。

A．次の月1回で払います。　　　　　　　　　B．ボーナスの時1回で払います。

C．3回に分けて払います。　　　　　　　　　D．10回に分けて払います。

5番　女の人の誕生日はいつですか。

男：花子さんの誕生日って、いつ？

女：わたし？もうすぐよ。来月だから。

男：2月か。じゃ、僕の妹と同じだ。

女：あら、妹さん、何日なの？

男：15日だよ。

女：じゃ、私と5日違いね。わたしは10日だから。

　　女の人の誕生日はいつですか。

A．2月5日です。　　　　B．2月10日です。　　　C．2月15日です。　　D．2月20日です。

6番　ホウレン草の値段は今どうなりましたか。

女：やっぱりホウレン草の値段は天気に敏感ですね。

男：いつもなら、だらだら値が下がるのにね。

女：ええ、月初めに、寒い日が続いたのがきいて、月の中ごろ急に値が上がりましたね。

男：あんなに気温が下がっちゃ、ホウレン草はだめだよ。

女：でも、暖かくなったら、すぐ元に戻りましたね。一時はこのまま行くのかと思いましたけど。

男：ええ。

　　ホウレン草の値段は今どうなりましたか。

A．前より高くなりました。　　　　　　　　B．前より低くなりました。

C．前とあまり変わっていません。　　　　　D．元に戻りました。

7番　二人の学生が試験について話しています。男の人はどうして試験に失敗しましたか。

女：ねえ、試験どうだった？

男：だめだった。

女：どうして？そんなに難しかったかなあ。

男：いや、試験問題の紙が2枚あるなんて思わなかったんだ。

女：えー、気が付かなかったの。だってそれじゃ、時間が余ったでしょ。

男：いや、ちょうどよかった。

女：ほんと？ちゃんと勉強したの？

　　男の人はどうして試験に失敗しましたか。

A．試験が難しかったからです。　　　　　　B．時間が足りなかったからです。

C．1枚しか書かなかったからです。　　　　D．時間が余ったからです。

8番 男の人がビデオについて孫と話しています。メーカーはどんなビデオを作ろうとしていますか。

男：やあー、助かったよ。おじいちゃんも一人でビデオの予約ができるといいんだけどね。

女：でも、こんなにボタンがたくさんあったら分からないわよね。

男：いろんなことができますって宣伝してるけど、どうも複雑すぎてね。

女：そうね。だから、今度メーカーで、新しいビデオを作るんだって。

男：ほう、どんなのかい。

女：20余りあるボタンを5つにしたり、よく使うボタンを大きくしたりするらしいわよ。

男：なるほど。それなら分かりやすいね。

　　メーカーはどんなビデオを作ろうとしていますか。

A. もっと機能のあるビデオです。　　　　B. もっと安いビデオです。

C. 簡単に使えるビデオです。　　　　　　D. デザインのもっと美しいビデオです。

9番 女の人はワープロで書類をどれだけ打ちますか。

男：ちょっといいですか。

女：はい。何でしょう。

男：今、急に客が来て、会わなくちゃならないんですが、これ、終わりそうもないんですよ。2時からの会議で使うんですが、で、続きを打ってもらえると助かるんですが。

女：えっ、ワープロ？たくさんあるんですか？

男：全部で5枚。3枚目の真ん中まで打ったところなんです。

女：ああ、それなら…。いいですよ。

　　女の人はワープロで書類をどれだけ打ちますか。

A. 2枚半打ちます。　　　　　　　　　　B. 3枚打ちます。

C. 5枚打ちます。　　　　　　　　　　　D. 3枚目の真ん中まで打ちます。

10番 よく眠るためにはどんなふうにお風呂に入ったらいいですか。

男：最近よく眠れなくて。寝る前にお風呂に入るといいって聞いたけど、あれ、あまり効果がないね。

女：そう。でも、入り方にもよるのよ。

男：熱い湯にゆっくりつかっていたつもりなんだけど。

女：それじゃあだめなんじゃない。

男：じゃ、さっと入ればいいのかな。

女：そうじゃなくて、ぬるめのお湯に、それも時間をかけてね。

男：そうだったのか。

　　よく眠るためにはどんなふうにお風呂に入ったらいいですか。

A. 熱い湯にさっと入ります。 B. 熱い湯にゆっくり入ります。

C. ぬるめの湯に短い時間入ります。 D. ぬるめの湯に長い時間入ります。

11番 女の人は男の人に何をしましたか。

男：困りましたねえ。

女：そこのところを何とかひとつ。

男：しかしですねえ。

女：そこを何とか。

    女の人は男の人に何をしましたか。

A. 女の人はひとつだけ頼みました。 B. 女の人は無理に頼みました。

C. 女の人はひとつでいいと言いました。 D. 女の人は男の人を怒らせました。

12番 今の子供たちは何のために貯金をしていますか。

女：今朝の新聞読みました？今の子供ってよく貯金してるんですって。

男：へえ、おもちゃ買うため？

女：そうじゃないのよ。

男：大人になって車でも買いたいって？

女：とんでもない。老後の生活のためなんですって。

男：へえ、子供のうちからもう年を取ってからのことを考えてるのか。

女：結婚のためとか言うんならまだわかるんですけどね。

    今の子供たちは何のために貯金をしていますか。

A. おもちゃを買うためです。 B. 車を買うためです。

C. 年を取ってからのためです。 D. 結婚のためです。

13番 男の人と女の人が話しています。何について話していますか。

女：まず、校長先生の挨拶。これはよろしいですね。

男：そうだね。

女：次にお客様からのお祝いの言葉、そして保護者代表の挨拶です。

男：うん。

女：それから、生徒代表の言葉。あっ、この学校の「20年の歩み」というビデオがあるんですが、生徒が作った…。

男：へえ、そんなものがあるの。それはいい。じゃ、校長の挨拶の次に見せようか。最後は全校児童の合唱で締めくくろう。

二人は何について話していますか。

A. 小学校の式典についてです。

C. 合唱コンクールについてです。

B. ビデオ上映会についてです。

D. 小学校の保護者会についてです。

14番　男の人は何と言いましたか。

男：彼には気をつけたほうがいいよ。

女：そうなの。

男：ああ、表と裏があるからね。

女：人ってわからないのねえ。

　　男の人はなんと言いましたか。

A. 表と裏が充実していると言いました。。

C. 表と裏は同じと言いました。

B. 表は表、裏は裏だと言いました。

D. 表と裏が違うと言いました。

15番　男の人と女の人が話しています。男の人はどうしますか。

女：はい、木下でございます。

男：森田ですけど。

女：あっ、森田さん、主人がいつもお世話になっております。

男：いいえ、こちらこそ。あの、ご主人は。

女：あの一、ただいま出かけているんですけれども。

男：あっ、そうですか。困ったなあ。いつごろお帰りになりますか。また、こちらからお電話いたしますが…。

女：お急ぎでしたら、行き先はわかっていますから、そこの電話番号を申し上げましょうか。

男：あ、それは願ってもないことです。

　　男の人はどうしますか。

A. 男の人は、もう一度木下さんの家に電話します。

B. 男の人は、帰ってくるまで待ちます。

C. 男の人は、伝言を頼んでいます。

D. 男の人は、木下さんが今いるところに電話します。

16番　男の人と女の人が出席状況について話しています。女の人はどのように言っていますか。

男：今度の会議の出席状況はどう？

女：相変わらず、いつもと同じメンバーよ。

男：声はかけたんだよねえ、一応。

女：ううん、かけたってどうせ全員は来ないと思って。

男：だからと言ってかけないわけにはいかないよ。

女の人はどのように言っていますか。

A. 今度の会議は、一応、全員に声をかけた、といっています。

B. 今度の会議は、まだ全員に声をかけていない、といっています。

C. 今度の会議は、いつものメンバーだけではない、といっています。

D. 今度の会議は、いつもより出席状況がいい、といっています。

17番　木村君は今、どのような状態でしょうか。

男：木村君、このごろどうも浮かない顔しているように思うけど。

女：うん、受験が近づいているでしょ。たぶん、それが原因じゃないかしら。

男：そうか。彼も今大切なときだからなあ。

女：でも、ほどほどにしないとね。

木村君は今、どのような状態でしょうか。

A. 木村君は今病気です。　　　　　　　　　B. 木村君は今心配しています。

C. 木村君は今気を失っています。　　　　　D. 木村君は今見失っています。

聴解 B　次の話を聞いて、正しい答えを A、B、C、D の中から一つ選びなさい。では、はじめます。

18番　男の人が説明しています。これは何の講習会ですか。

男：じゃ、まとめましょう。うまく焼くコツはとにかくよく練ることですね。

　　あー、そこの生徒さん、寝ないで。聞いていますか。

　これは何の講習会ですか。

A. 手作りのパンの講習会です。　　　　　　B. 手作りのベッドの講習会です。

C. 自転車の乗り方の講習会です。　　　　　D. よく眠れない人のための講習会です。

19番　ラジオのニュースです。今年のメロンの収穫についてのニュースです。今年の収穫はどうですか。

女：今年のメロンの収穫が今日から始まりました。この春先は雨が多く気温の低い日が続いたため、
　　一時はほとんど獲れないのではないかと心配されていました。5月になってからは、暖かい日が
　　続き、去年よりはいくぶん小さいながら、収穫量は去年とほぼ同じで、農家の人たちもほっとし
　　ているということです。

　今年の収穫はどうですか。

A. 去年よりかなりいいです。　　　　　　　B. 去年と大体同じです。

C. 去年よりだいぶ悪いです。　　　　　　　D. ほとんど取れません。

20番 これからの医療について何が一番重要だと言っていますか。

男：現代医療は科学の進歩とともに、技術的には不可能なことがなくなったように見えます。と同時に、道徳の根本に関わるような危険な課題も多数抱えるようになりました。今私たちに最も求められているのはたとえ技術的には可能であっても、道徳に違反するような欲望の実現を諦めることではないでしょうか。

これからの医療について何が一番重要だと言っていますか。

A. 不可能な技術をなくすことです。　　　　B. 技術の可能性を広げることです。

C. 欲望の実現を諦めないことです。　　　　D. 道徳に違反しないことです。

大学日本語専攻生四級能力試験模擬テスト（四）

聴解A　次の会話を聞いて、正しい答えをA、B、C、Dの中から一つ選びなさい。では、はじめます。

1番 田中先生の服はどんな服ですか。

女：その服、しわしわじゃない？

男：うん。田中先生みたいだろ。

女：田中先生のはそうじゃなくて、よれよれなのよ。

男：そうか。先生のは古いしね。

女：うん。ぼろぼろとまではいかないけどね。

男：ほんとはアイロンかけて、パリっとしたのが着たいんだけどなあ。

女：私はしませんよ。

田中先生の服はどんな服ですか。

A. 田中先生の服はしわしわです。　　　　B. 田中先生の服はよれよれです。

C. 田中先生の服はぼろぼろです。　　　　D. 田中先生の服はパリっとしています。

2番 男の人は何をしていましたか。

男：う、うん！あれ、喉の調子がおかしいな。

女：そんな所でうたた寝なんかしているからよ。ああ、またテレビ付けっぱなし・・・。

男：それだけ疲れてるってことだよ。同情してくれたっていいだろ。

男の人は何をしていましたか。

A. 歌っていました。　　　　B. テレビを見ていました。

C. 仕事をしていました。　　　　D. 寝ていました。

3番　女の人の不満は何ですか。

女：また昇進は見送りなの？

男：仕方ないさ。この不景気で会社も今、大変なんだ。海外支店もつぶれてるし。

女：うちの家計だって大変なのよ！

　　女の人の不満は何ですか。

A. 夫が出世できなかったことです。　　　　　　B. 夫が一人で海外出張することです。

C. 景気が悪いことです。　　　　　　　　　　　D. 夫が家事を手伝わないことです。

4番　男の人はどうして怒っていますか。

女：あ、新しいコンピュータだ。「あらゆるユーザーのニーズにこたえた新機能を低コストで」だって。

男：「あらゆる使用者の要求にこたえた新機能を安い値段で」だろ！

女：でも、雑誌にそう書いてあるわよ。

男：まったく、最近、カタカナ語が乱用されすぎだよ。

　　男の人はどうして怒っていますか。

A. 誤ったカタカナ語が使われているからです。

B. 必要以上にカタカナ語が使われているからです。

C. 難しいカタカナ語が使われているからです。

D. 雑誌の宣伝が過剰だからです。

5番　男の人はどうしてドラマを最後まで見ませんでしたか。

女：昨日のドラマ見た？

男：見たけど、途中で消しちゃったよ。

女：どうして？ああ、原作読んだっていってたもんね。先が分かっちゃってつまらなかった？

男：それはいいんだ。本とドラマじゃ違うからね。

女：確かに演技力は今一つだったわね。

男：そうじゃなくて、イメージがさ、違うんだよ。

　　男の人はどうしてドラマを最後まで見ませんでしたか。

A. 話の筋を知っていたからです。

B. 原作と内容が変えてあったからです。

C. 主人公の俳優が想像していたのとずれていたからです。

D. 主人公の俳優が下手だったからです。

6番 男の人は女の人に何をしてほしいですか。

男：近頃の女は強くなったな。

女：あら、男が弱くなったのよ。

男：昔の女性はもっとおとなしかったよね。

女：いいんじゃない、活発な方が。

男：外で活躍するのはいいけど、チンするだけででき上がりなんて言うのを出されるのはね。

女：昔はしたくたって、そんなものなかったもの。

男：贅沢じゃなくても、手間をかけておふくろの味とかさ、体にいいんだけどね。

女：じゃあ、自分で作ったら。

　　男の人は女の人に何をしてほしいですか。

A. 外で活躍してほしいです。

B. もっとおとなしくしてほしいです。

C. 手をかけた食事を作ってほしいです。

D. 体にいい仕事をしてほしいです。

7番 どうしてお祝いをしますか。

男：村山君、どうだった？

女：全快に向かっているそうよ。順調に行けば来週には出られるだろうって。

男：じゃあ、お祝いしなくちゃね。

　　どうしてお祝いをしますか。

A. 村山さんが結婚するからです。

B. 村山さんが退院するからです。

C. 村山さんが卒業するからです。

D. 村山さんが昇進するからです。

8番 あたらしいパン屋のどんなところが評判ですか。

男：駅前に、新しいパン屋ができたんだね。

女：ええ、オープンした日に行ってみたわよ。

男：あそこ、もともとパン屋さんじゃなかった？

女：うん、そう。前のお店はつぶれて、息子さんが一流ホテルでパンの修行してきたんだって。

男：へえ、一流ホテルね。で、パンはどうだったの。

女：そうそう。お店が新しくなって、パンの種類も多いし、味もまあまあね。値段はちょっと安いとは言えないけど、でも、着色料や保存料なんかの人工のものをいっさい使ってないんですって。それで売れてるの。

男：へえ、じゃ、今度、帰りに寄ってみよう。

　　あたらしいパン屋のどんなところが評判ですか。

A. 息子が時間をかけて父のパン屋を立て直したことです。

B. 一流ホテルのパンを売っていることです。

C. 安くて、パンの種類が多いことです。

D. 天然の材料しか使っていないことです。

9番 女の人はどうやって貯金をしていますか。

男：将来のために少し貯金をしなければって思うんだけど、お金ってたまらないものだね。

女：お金が残ったら貯金をしよう、何て思っていたら、絶対にたまらないわね。私はね、「つもり貯金」
　　をしているの。

男：「つもり貯金」って？

女：すてきな洋服を見て「ほしいな」って思っても、買ったつもりで貯金。「休みに旅行に行きたいな」
　　と思っても、旅行に行ったつもりで…、と言うわけ。

男：へえ。

　　女の人はどうやって貯金をしていますか。

A. お金が残ったら貯金します。　　　　　　　　B. 買い物をしたときに貯金をします。

C. 旅行に行ったときに貯金をします。　　　　　D. 買い物や旅行をする代わりに貯金をします。

10番 男の人が女の人に友達の写真を見せています。この友達はどんな人ですか。

女：中々女らしくて感じのいい人じゃない？

男：うん、しゃべらなきゃね。

女：どういうこと？

男：こんなに女らしくない人っていないよ。特に、口のきき方なんて、もう…。

女：最近は男言葉も女言葉もおんなじなんですものね。

男：それにさあ、座るときだって、膝を立てて座るんだから。

女：ええ？外国人ならわからないこともないけど、この人、日本人よね。

男：もちろん。お世辞にも女らしいなんて言えないよ。

　　男の人の友達はどんな人ですか。

A. 言葉遣いや行儀の悪い人です。　　　　　　　B. 話し方や座り方が外国人のような人です。

C. 女のような話し方をする男の人です。　　　　D. 行儀は悪いが、男らしくて感じのいい人です。

11番 食事は一人いくら払いますか。

男：何にする？

女：スパゲティにしようかな。

男：ええと、魚とえびのスパゲティが800円、鶏肉のが750円ね。どっちにする？

女：私は鶏肉のほうにするわ。

男：僕も鶏肉だ。あ、ランチにすれば、200円高いけど、コーヒーか紅茶がつくよ。

女：じゃあ、ランチにして…。紅茶がいいわ。

男：僕は、コーヒーにしよう。

　　食事は一人いくら払いますか。

A. 750円です。　　　　　　B. 800円です。　　　　　C. 950円です。　　　　　D. 1000円です。

12番　男の人は女の人に何を頼みましたか。

男：ねえ、広田さん、ちょっとノートを見せてくれない？

女：ええ、どうして？

男：うん、僕、ちょっと風邪ひいちゃって、授業を二回ぐらい休んぢゃって。明日、テストだろう。

女：またいつものせりふ。この間もそう言ったじゃない。

男：本当なんだよ。お願い。頼むよ。

女：しょうがないわね。すぐ返してよ。

　　男の人は女の人に何を頼みましたか。

A. 明日休ませてほしいと頼みました。　　　　　B. ノートを貸してほしいと頼みました。

C. テストの勉強を教えてほしいと頼みました。　　D. 授業に代わりに出てほしいと頼みました。

13番　喫茶店で男の人と女の人が話しています。二人はこれから何をするつもりですか。

男：今日はゆっくりできる。ドライブに行くか、映画でも一緒に見ようかと思ってたんだけど。

女：ごめんなさい。実は今晩11時に、国際電話がかかってくることになっているの。

男：国際電話って、誰から？

女：仕事の連絡よ。時差があるから、夜じゃないと、連絡取れないの。

男：そうか。でも、夕食ぐらい一緒にする時間はあるだろう。

女：ええ、それはもちろん。

　　二人はこれから何をするつもりですか。

A. ドライブに行きます。　　　　　　　　B. 映画を見に行きます。

C. 国際電話をかけます。　　　　　　　　D. 夕食を食べます。

14番　地震の被災者にテレビのアナウンサーが聞いています。何が一番必要だと言っていますか。

女：お疲れのところをすみません。今、何が一番必要でしょうか。

男：何もかも足りないよ。でも食べるものは三回、そこの公園で配っているし、水も飲むだけは配ら
　　れているよ。洋服も全国から送られてきて、この上着ももらってきたんだ。

女：では、何とか生きていけるだけのものはあるんですね。

男：そうなんだけど・・・。わがままかもしれないけど、ほしいものは人によって違うし、もう、お店も開いてるし、自分で買えたらって思うんだ。

女：お気持ち、よくわかります。

何が一番必要だと言っていますか。

A. 食べ物です。　　　　B. 水です。　　　　C. 着るものです。　　D. お金です。

15番　男の人と女の人がいつテニスをするかと話し合っています。何曜日にすることにしましたか。

女：来週、テニスしない？

男：いいねえ。いつにする？僕は週末はアルバイトがあるから、平日がいいな。

女：だって、平日は授業があるじゃない？無理よ。

男：夜も使えるコートを予約すればいいんだよ。そうだ。うちの近くにあるよ。

女：あ、そう。じゃ、そうしましょう。私、月曜と金曜は英会話だから、それ以外がいいわ。

男：僕は、週の前半がいいな。あ、でも、確か水曜日はお休みだよ。あのコート。

女：じゃ、この日ね。

二人は何曜日にテニスをすることにしましたか。

A. 月曜日です。　　　　B. 火曜日です。　　　　C. 木曜日です。　　D. 土曜日です。

16番　男の人と女の人が行列のできる店について話しています。どうして店の前に行列ができると言っていますか。

女：ねえ、知ってる？あそこのパン屋さん、いつも行列ができてるでしょ。テレビでも紹介されたことがあるのよ。

男：えっ、ほんと。

女：あのね、あれ、みんなフルーツパン買おうとしてるのよ。

男：フルーツパン？へえ、買ったことあるの？

女：あるんだけど、特別おいしいってわけじゃないの。でもね、行列を見ると、つい買いたくなっちゃうのよね。

男：たしかに。行列のできる店ってテレビで紹介されると、食べてみたくなるよね。行列してまでさあ。気に入るかどうかは別として。

女：日本人って、何かが人気だって聞くと、みんな飛びつくのね。すぐ飽きちゃうくせに。

どうして店の前に行列ができると言っていますか。

A. パン屋さんの前に並ぶと、テレビに映るからです。

B. みんなが買っていると、自分も買いたくなるからです。

C. フルーツパンがおいしくて、毎日食べたいからです。

D. おいしいパン屋さんをテレビで紹介してほしいからです。

17番 女の人はインタビューに答えています。女の人は、社員食堂についてどうしてほしいと思って
   いますか。

男：お食事中すみません。社員食堂について、何か意見を聞かせてください。

女：え…別に…ありませんけど。

男：社員の方に満足していただける食堂にしたいので・・・どんなことでもいいんですから。味はどうで
   すか。

女：まあ、悪くはないんじゃないですか。

男：よく、込み過ぎるって言われるんですが。

女：でも、ちょっと待てば、すぐ座れますから。外へ行くより早いんじゃないかしら。

男：そうですか。外へ食べに行くこともあるんですか。

女：ええ、カレーとラーメンと定食だけじゃ、飽きちゃいますから。あ、そうですね。それが改善さ
   れれば、毎日社員食堂で食べたほうが安くて済むし、うれしいですね。

   女の人は、社員食堂についてどうしてほしいと思っていますか。

A. 値段を安くしてほしいと思っています。　　B. 味を良くしてほしいと思っています。

C. メニューを増やしてほしいと思っています。　　D. 込まないようにしてほしいと思っています。

聴解B　次の話を聞いて、正しい答えをA、B、C、Dの中から一つ選びなさい。では、はじめます。

18番　交通機関の利用について機内放送で案内をしています。これから都内へ行く人は何を利用した
   らいいと言っていますか。

女：本日はABC航空をご利用いただきましてありがとうございました。これより、東京都内に向かわ
   れるお客様にご案内申し上げます。ただいま、東京サミット開催中のため、都内の道路は終日厳
   しい交通規制がしかれております。このため、都内の道路は広範囲にわたって、交通渋滞が予想
   されますので、本日、都内に向かわれるお客様はできるだけ、車以外の公共の交通機関をご利用
   なさいますよう、ご案内申し上げます。

   これから都内へ行く人は何を利用したらいいと言っていますか。

A. 電車です。　　　　　　　　　　　　　　　B. リムジンバスです。

C. 自家用車です。　　　　　　　　　　　　　D. タクシーです。

19番　女の人は、妊娠とスポーツについてどう言っていますか。

女：この頃、お腹の大きい人がよく水泳などのスポーツをしています。スポーツ施設があちこちにで

きて、誰でも気軽にスポーツが楽しめるようになったのが理由の一つでしょうね。人によっては、妊娠している人はスポーツを控えるべきだという考えもありますが、私は妊娠しているからといって、スポーツを止めなければならない理由はないと思います。

女の人は、妊娠とスポーツについてどう言っていますか。

A. 妊娠している人はスポーツを楽しめないと言っています。

B. 妊娠している人はスポーツを必ずするべきだと言っています。

C. 妊娠している人はスポーツをしても構わないと言っています。

D. 妊娠している人はスポーツを控えるべきだと言っています。

20番　ニュースで自動車業界の新しい動きについて話しています。自動車業界は経費を減らすために、どんなことをしようとしていますか。

男：長期化する販売不振を打開しようと、新しい動きが自動車業界に出ています。これまで自動車業界では、製造、販売、人事の各分野での徹底した合理化を通して、それぞれの会社で経費を減らそうと努力してきましたが、今までのやり方では限界が見えてきました。そこで、各社の部品を共通にして、さらに経費を安くしようという動きが出てきました。通産省もこの動きを歓迎しています。

自動車業界は経費を減らすために、どんなことをしようとしていますか。

A. 徹底した人事の合理化です。　　　　　　B. それぞれの会社で努力することです。

C. 今まで通りのやり方で頑張ることです。　　D. 各会社共通の部品を使うことです。

大学日本語専攻生四級能力試験模擬テスト（五）

聴解A　次の会話を聞いて、正しい答えをA、B、C、Dの中から一つ選びなさい。では、はじめます。

1番　男の人と女の人がホヤという食べ物について話しています。二人はこの食べ物が好きですか。

男：この間、初めてホヤを食べたんですよ。

女：いかがでした？

男：うん。そうですね。食べられないことはなかったんですが、田中さんはお好きですか。

女：ええ。最初は私も抵抗があったんですよね。でも一度食べたらなかなかので…

二人はこの食べ物が好きですか。

A. 男の人も女の人も好きです。

B. 男の人も女の人もすきではありません。

C. 男の人は好きですが、女の人は好きではありません。

D. 女の人は好きですが、男の人は好きではありません。

2番　編集者が新しく出版する論文集について話しています。その本には何を入れることになりましたか。

男：今度の論文集の件ですけど、書評とか、随筆とかは抜かしてもいいでしょうか、論文だけで。

女：でも、書評というのは学問的な価値もあるものだから、ぜひ入れなきゃ。

男：はい。じゃ、随筆は。

女：随筆はね、あったほうがこの本の売り上げにはプラスなんだけど、学問的なものじゃないから、論文集にはそぐわないわね。やめときましょうか。

男：そうですね。

　　その本には何を入れることになりましたか。

A. 論文だけです。

B. 論文と書評と随筆です。

C. 論文と書評だけです。

D. 論文と随筆だけです。

3番　学生がパーティーについて話合っています。何を最初に決めることになりましたか。

男：では、秋の国際交流パーティーについて相談したいと思います。まず日程ですが、いつ頃がいいでしょうか。

女：あの、日程より、どこで何をするかを決めるのが先決じゃないかしら。

男：それより参加者でしょう。どういう人が集まるかによって、内容も変わってくるじゃない？

女：うん、それもそうですね。予算の問題とも関係してくることですからね。

　　何を最初に決めることになりましたか。

A. 日程です。　　　　　B. 場所です。　　　　　C. 予算です。　　　　　D. 参加者です。

4番　男の人が「さくら」という言葉の意味を説明しています。この男の人の言う「さくら」とはどんな意味ですか。

男：「さくら」って言葉知っているか。

女：春に咲く桜でしょう。

男：いや、私が言うのは違うさくら。道で何か売っている人がいるだろう。その前で、買う振りをしたり、品物を褒めたりしている人のことだよ。実は売っている人の仲間なんだけど。

女：へえ、何でそんな事をするの。

男：買っている人がいると、通りかかった人もつられて、買ったりするわけだ。

　　「さくら」とはどんな意味ですか。

A. 品物を売っている人です。

B. 花を売っている人です。

C. お客さんの振りをしている人です。　　　　　　　D. 品物をつられて買っている人です。

5番　男の人が外国へ行くことになりました。目的は何ですか。

女：先生、いよいよご出発ですね。

男：ええ、今回は長いから、向うにいる間にあちこち見て回りたいと思ってたんだけどね。

女：また講義や講演をたのまれてしまったんですか。

男：いや、それはなさそうなんだけどね。今度は一人じゃなくて、共同研究だろう。そのスケジュールを見たら、ずいぶん忙しそうなんだ。それに、帰ってからレポートを出さなければならないし、何だか留学するような気分だよ。

　　この男の人が外国へ行く目的は何ですか。

A. 観光です。　　　　　B. 留学です。　　　　　C. 研究です。　　　　D. 講義です。

6番　この頃の小学生は朝食を取らないということが話題になっています。小学生が朝食を取らない一番大きな理由は何ですか。

女：この頃の小学生って、朝ご飯食べない子が多いんですってね。

男：育ち盛りの子供がよくないね。どうしてかな。夜遅くまで起きてて、いろんな物を食べてるからじゃないの。

女：最大な理由は朝寝坊ですって。

男：朝起きられないんだね。分かるな。

女：中には、朝宿題をするからというのもあるらしいわ。それにね、ご飯を作らない母親もいるんですって。

男：えっ。

　　小学生が朝食を取らない一番大きな理由は何ですか。

A. 母親がご飯を作らないからです。　　　　　B. 子供が朝寝坊をするからです。

C. 朝、宿題をするからです。　　　　　　　　D. 夜、物を食べるからです。

7番　男の人と女の人が話しています。男の人はどんな仕事をしていますか。

女：最近、仕事の方はどう？

男：いよいよ受験シーズンだからね。高校進学の指導なんかで、毎日神経が疲れるよ。

女：でも、それが終われば長い春休みがあるんでしょ。羨ましいわ。

男：それは学校の先生の話だよ。僕たちは学校が休みの時こそ、稼ぎどきなんだよ。

女：ふーん、けっこう大変なんだ。

　　男の人はどんな仕事をしていますか。

A. 学習塾の先生です。　　　　　　　　B. 旅行会社の社員です。

C. 中学校の先生です。　　　　　　　　D. サラリーマンです。

8番 車に乗せてもらうとき、どうすれば安全ですか。

男：車に乗せてもらうとき、座席のベルトをちゃんとしてる？

女：運転するときは、必ずしてるけど・・・。

男：衝突したとき、どこに投げ出されるか分からないから、危ないよ。

女：後ろの席の方が安全と言われてるけど、必ずしも安心できるというわけではないのね・・・。じゃ、
　　手で体を支えたらどうかしら。

男：手で抱えて頭が守れればいいけれど、とにかくベルトをしていないことには、話にならないよ。

　　車に乗せてもらうとき、どうすれば安全ですか。

A. 頭を抱える。　　　　　　　　　　　B. ベルトをする。

C. 後ろの座席に座る。　　　　　　　　D. 手で体や頭を支える。

9番 男の人と女の人が話しています。二人は何について話していますか。

女：これ、ほんとうにおいしいですね。

男：ええ、あそこにある泉から湧き出しているんです。遠くから、わざわざ汲みに来る人もいるぐら
　　いです。

女：そうですか。じゃ、もう一杯いただきます。

　　二人は何について話していますか。

A. ビールです。　　　　B. 石油です。　　　　C. 水です。　　　　D. ご飯です。

10番 良江さんはどんな失敗をしましたか。

女：良江ったら、おかしいわあ。この間、彼の家に始めて行ってね、すごく緊張しちゃったらしいの。

男：そりゃ、誰だって、初めて恋人の家に行ったら緊張するよ。

女：うん。それがね、最初に出てきた弟さんをお父さんだと思って、とっても丁寧に挨拶しちゃった
　　んだって。

男：へえ。そりゃ、弟さんびっくりしただろう。

女：弟さん、風邪を引いていて、マスクをしていたんだって。だから、顔がよく見えなくて・・・。

男：アハハ。それにしても、良江さんらしい話だな。

　　良江さんはどんな失敗をしましたか。

A. 恋人と弟さんを間違えました。　　　　B. 恋人の弟さんとお父さんを間違えました。

C. 恋人とお父さんを間違えました。　　　D. 恋人のお父さんに挨拶してしまいました。

11番 女の人は男の人の何が悪いと言っていますか。

男：ごめん、ごめん。今日中に片づけなくちゃならない書類があって…。

女：大変だったのね。でも、遅れそうだったら連絡してくれてもよかったじゃない。

男：そう思ったんだけどね、はっと気がついて時計を見たら、もう約束の時間で…。外で待ち合わせだし、連絡のしようがなかったんだ。

女：でも、ほら、これ。

男：あ、そうだ。携帯電話があったんだ。

女：番号教えたでしょ。こんな時こそ、これを使わなくちゃあ。

男：すっかり忘れてた。ごめん、ごめん。

　　女の人は何が悪いといっていますか。

A．男の人が約束の時間を間違えたことです。

B．男の人がいつも仕事で忙しいことです。

C．男の人が女の人に電話をしなかったことです。

D．男の人が電話番号を忘れてしまったことです。

12番 電気自動車についてインタビューをしています。男の人は電気自動車のどこが気に入らないのですか。

女：電気自動車に乗られたそうですが、乗り心地はいかがでしたか。

男：うーん。スピードもまあまあだし、結構快適でしたよ。

女：燃料コストは今までの自動車よりかかるんだそうですね。

男：それはそうなんですけど。その分、騒音や排気ガスの問題が、かなり解決されますからね。

女：じゃあ、電気自動車の時代は思ったより早く来るでしょうか。

男：それが…、僕としては、やっぱりエンジンの音がしないと車に乗っている気がしなくてね。ちょっと寂しいんですよ。

　　男の人は電気自動車のどこが気に入らないのですか。

A．スピードがあまり出ないことです。　　　　B．コストがかかることです。

C．騒音公害という問題があることです。　　　D．エンジンの音がしないことです。

13番 男の人と女の人が見た映画について話しています。二人はどんな映画を見ましたか。

男：いやー、すごかったね。

女：もう、ハラハラ、ドキドキの連続で、どうなるかと思ったわ。

男：ああいうのが映画の楽しさだよね。

女：主人公があんな高い所から川に落ちる場面はどうやって映画にするのかしら。

男：特殊撮影だろうけど、本当みたいだったね。

女：もうちょっとロマンチックなところもほしかったな。

　　二人はどんな映画を見ましたか。

A. 恋愛物です。　　　　B. 歴史物です。　　　C. 冒険物です。　　　D. 伝記物です。

14番　女の人が部屋を探しています。どうしてこの部屋はだめだと言っていますか。

男：この部屋は日当たりもいいし、駅からも近くて、いいですよ。

女：そうですね。

男：それに安いですし、お勧めできますよ。

女：ええ、でも、エアコンが付いていないみたいですね。

男：エアコン付きだと、この家賃じゃ、無理ですよ。

女：家賃は少しぐらい高くてもいいんですけど、暑いのはねえ、だめなんです。

　　女の人はどうしてこの部屋がだめだと言っていますか。

A. 日当たりが悪いからです。　　　　　　　B. エアコンが付いていないからです。

C. 駅から遠いからです。　　　　　　　　　D. 家賃が高いからです。

15番　果物屋の前で話しています。女の人は、葡萄の値段についてどう思っていますか。

男：ほら、あのぶどう、おいしそうだね。

女：ほんと、今頃、めずらしいわね。

男：一箱1万円だって。

女：えっ、1万円もするの。

男：ちょっと高いね。

女：ちょっとどころじゃないわ。

　　女の人は、ぶどうの値段についてどう思っていますか。

A. ちょうどいいと思っています。　　　　　B. 安いと思っています。

C. ちょっと高いと思っています。　　　　　D. 高すぎると思っています。

16番　料理はどうして食べられませんでしたか。

女：初めて作ったんだけど。食べてみてくれる？

男：へえ、おいしそうだな。いただきます。…。ごめん。食べられないよ。

女：えっ、魚が嫌いなの？

男：そういうわけじゃないんだけど…。

女：しまった。塩を一つまみ、って書いてあったのに、ひとつかみ入れちゃったんだ。

男：それじゃ、食べられないわけだよ。

　　料理はどうして食べられませんでしたか。

A. 初めて作ったからです。　　　　　　　　　B. 魚が嫌いだからです。

C. 塩辛かったからです。　　　　　　　　　　D. 手でつかんだからです。

17番　男の人はどう思っていますか。

女：最近、大学を出ても自分が納得できる職場が見付かるまで就職しないで、アルバイト生活している人が増えてるんだって。

男：どうかと思うよね。

　　男の人はどう思っていますか。

A. いいことだと思っています。　　　　　　　B. どうでもいいと思っています。

C. どうしていいか分からないと思っています。　D. よくないと思っています。

聴解B　次の話を聞いて、正しい答えをA、B、C、Dの中から一つ選びなさい。では、はじめます。

18番　何をしてはいけませんか。

　地震があったら、すぐ火を消さなければいけません。ドアを開けることも忘れないでください。すぐ外に出るのは危険です。まず、机やベッドの下に入りましょう。

　　何をしてはいけませんか。

A. 火を消すこと。　　　　　　　　　　　　　B. ドアを開けること。

C. 外に出ること。　　　　　　　　　　　　　D. 机の下に入ること

19番　いつ山に行くのがいいですか。

　天気予報を申し上げます。台風が近づいています。今夜から雨と風が強くなるでしょう。特に海や山に行く人は注意してください。明日のお昼からはだんだん雨も弱くなり、あさってにはすっかりよくなるでしょう。

　　いつ山に行くのがいいですか。

A. 今日中に行きます。　　　　　　　　B. 明日の朝早く行きます。

C. 明日のお昼から行きます。　　　　　D. あさってまで行きません。

20番　女の人が話しています。女の人の話に合うのはどれですか。

　試験についていくつか注意があるのでよく聞いてください。時間は9時半から11時までです。時間は十分にありますので、字は丁寧に書いてください。黒い色ならボールペンを使ってもいいです。早くできた人は途中で外へ出てもかまいませんが、11時まで教室に戻ることはできません。

　女の人の話に合うのはどれですか。

A. 試験の時間は60分です。　　　　　　B. ボールペンで書かなければなりません。

C. 鉛筆を使わなくてもいいです。　　　D. 早く終わっても教室を出られません。

参 考 答 案

大学日本語専攻生四級能力試験問題（2005）

一、1. C　2. D　3. C　4. A　5. B　6. C　7. A　8. A　9. D　10. B
11. D　12. A　13. C　14. A　15. D　16. B　17. C　18. D　19. B　20. A

二、21. D　22. C　23. D　24. A　25. C　26. A　27. D　28. B　29. B　30. D

三、31. B　32. C　33. A　34. C　35. A　36. D　37. C　38. A　39. B　40. D
41. B　42. C　43. D　44. B　45. B

四、46. C　47. A　48. D　49. A　50. B　51. C　52. B　53. C　54. C　55. D
56. D　57. C　58. B　59. B　60. A

五、61. C　62. B　63. C　64. B　65. A　66. A　67. D　68. A　69. B　70. D

六、71. D　72. A　73. B　74. A　75. D　76. C　77. B　78. C　79. A　80. A
81. C　82. D　83. B　84. C　85. B

七、（モデル文）

86. いくら探しても見つからない。

87. もしかしたら食堂に財布を落としたかもしれない。

88. 五年間も恋をした結果、とうとう結婚することになった。

89. すみません、聞こえないから、もう少し大きな声で言ってください。

90. 彼は勉強もせずにクラブ活動に夢中している。

91. ボーナスをもらったから、今日の食事代は私に払わせてください。

92. ふだん勉強しなかったから、できないのは当然です。

93. この荷物は百キロもあるから、いくらなんでも一人では持てそうもない。

94. もしもし、留学生の王ですが、山田先生はいらっしゃいますか。

95. 日本人の先生に日本語の発音の指導をしてもらいました。

八（モデル文）

自然を守ろう

　今では、自然環境がこれ以上悪くなると、地球が大変なことになるということが広く知られるようになった。オゾン層の破壊、地球の温暖化、酸性雨、水質汚染、ゴミ問題など、身近な自然破壊の例は枚挙にいとまがない。しかし、「今、地球は深刻な危機に陥っ

ている」と言ったらおおげさだと思う人がまだ大勢いるが、地球の危機は紛れもない事実なのだ。

　それでは一体どうしたらいいのか。やはり、一人一人努力が大切だと思う。「自分くらいやらなくても」では、いつまでたっても破壊は止められない。一人一人が環境保護を心がければ、やがて集団になり、地球規模に発展し、きっと地球を守ることができるだろう。自然に親しみ、自然に学び、自然を守ろうという心がもっとたくさんの人に広がればいいなと思う。未来に続く大切な自然を守れば、きっとすばらしい未来が迎えられるだろう。

大学日本語専攻生四級能力試験問題（2006）

一．1. B　　2. A　　3. D　　4. C　　5. D　　6. A　　7. A　　8. B　　9. A　　10. A
　　11. C　12. B　13. D　14. C　15. B　16. C　17. C　18. B　19. D　20. A
二．21. D　22. C　23. B　24. C　25. A　26. B　27. A　28. B　29. B　30. C
三．31. B　32. C　33. B　34. C　35. A　36. D　37. A　38. B　39. C　40. D
　　41. CD　42. D　43. C　44. A　45. B
四．46. C　47. B　48. D　49. A　50. D　51. B　52. D　53. A　54. A　55. D
　　56. B　57. C　58. A　59. C　60. B
五．61. B　62. A　63. B　64. C　65. D　66. C　67. D　68. B　69. A　70. C
六．71. A　72. D　73. B　74. C　75. D　76. C　77. B　78. C　79. A　80. A
　　81. D　82. A　83. C　84. B　85. C

七．（モデル文）

86. 決めた以上守らなければならない。

87. 酒を飲んで運転すると危ないですよ。

88. どんなに欲しくても他人の物をもらうわけにはいきません。

89. 多くの科学者がなぞをなんとか解明できないものかと研究を続けています。

90. 外国に出たからこそ自国のよさが分かる。

91. 推薦状はできるだけ有名な先生に書いていただいたほうがいいです。

92. 姉は料理が得意なのでいつもおいしい料理を作ってくれます。

93. その人のことを考えて注意したのに怒らせてしまった。

94. 友達とおしゃべりをしているうちにたちまち時間がすぎてしまった。

95. 要は偏食をせずにバランスのよい食事をすることです。

八．（モデル文）

携帯電話

中国では最近、携帯電話を利用する人が増えている。それは、いい面もあれば、よくない面もあると思う。

例えば、約束の時間に間に合わないとき、バスの中からも携帯電話で連絡できる。そして相手も持っていれば、どこにいても連絡を取り合うことができる。また、事故や地震などで普通の電話が使えないときも、携帯電話なら、様子を伝えることができる。

便利な一方で、携帯電話でいろいろな問題も起きている。例えば、友達と映画を見たり、レストランで食事したりして楽しんでいるとき、急に電話のベルが鳴って、邪魔される。電車やバスの中で、電話で話している人の声が大きくて、ほんとうにうるさい。また、電話をかけながら車を運転する人もいて、交通事故が増えている。中には事故で死んだ人もいるそうである。

携帯電話は、もう私たちの生活には欠かせないものとなっているが、携帯電話の使用にはいろいろ気を使うべきところもあると思う。

大学日本語専攻生四級能力試験問題（2007）

一． 1. B　　2. D　　3. C　　4. A　　5. D　　6. C　　7. B　　8. A　　9. C　　10. A
　　11. C　　12. B　　13. D　　14. D　　15. B　　16. D　　17. A　　18. D　　19. C　　20. B

二． 21. D　　22. B　　23. C　　24. A　　25. D　　26. D　　27. A　　28. B　　29. A　　30. C

三． 31. B　　32. A　　33. C　　34. D　　35. D　　36. D　　37. D　　38. B　　39. D　　40. A
　　41. B　　42. B　　43. D　　44. B　　45. A

四． 46. C　　47. D　　48. D　　49. A　　50. B　　51. C　　52. B　　53. C　　54. B　　55. D
　　56. A　　57. C　　58. B　　59. A　　60. D

五． 61. B　　62. C　　63. D　　64. C　　65. C　　66. B　　67. A　　68. C　　69. B　　70. C

六． 71. C　　72. D　　73. B　　74. A　　75. D　　76. C　　77. A　　78. A　　79. C　　80. D
　　81. A　　82. C　　83. B　　84. D　　85. D

七．（モデル文）

86. 約束をした以上守らなければなりません。

87. 食べれば食べるほどおいしくなる。

88. 夜は子供に泣かれてぜんぜん眠れなかった。

89. お忙しいところをおいでいただきまして、ありがとうございます。

90. もう少し勝てたのに…悔しくて、悔しくてしかたない。

91. 小説を読んでいるうちに寝てしまった。

92. あの人は歌手のわりには、歌が下手だ。

93. 何もできないくせに口だけ出す。

94. お金があるからと言って幸せだとは限らない。

95. 体に悪いと分かっていながらやめられない。

八．（モデル文）

忘れられない一冊の本

　私はヘルマン・ヘッセの作品が好きだが、特に高校二年の夏休みに読んだ「車輪の下」は、私の心に深い感動を与えた作品である。

　周囲の人々の野心や功名心のために、主人公ハンスは少年らしい自然な生き方を断念して、受験勉強に打ち込み、州試験に合格する。強烈な自我を持った友人ハイルナーは、学校という枠に反抗して逸脱してゆく。主人公ハンスも神経衰弱になって、学校から脱落し、機械工の徒弟入りをする。そしてハンスは、わずか数日で死んでしまう。主人公は、彼を取り巻く不自然な環境の圧力のために傷つけられ、若い命を失った。

　科学の進歩、機械文明の発展に伴って、人間はしだいに精神を失い、個性を喪失している。「車輪の下」には、個性を大切にし、人間性を守ろうとしたヘッセの思想が生き生きと描かれている。私たちは、人間性の回復や個性の尊重について、もっと真剣に考える必要があると思う。

大学日本語専攻生四級能力試験模擬テスト（一）

一、1. D　2. B　3. C　4. B　5. C　6. A　7. A　8. D　9. D　10. B
　　11. A　12. C　13. C　14. D　15. C　16. D　17. C　18. B　19. A　20. D
二、21. A　22. C　23. C　24. A　25. D　26. B　27. B　28. C　29. D　30. A
三、31. D　32. A　33. B　34. A　35. B　36. B　37. A　38. D　39. A　40. B
　　41. C　42. B　43. A　44. B　45. B
四、46. B　47. A　48. D　49. B　50. C　51. A　52. B　53. C　54. C　55. B
　　56. D　57. C　58. B　59. A　60. D
五、61. C　62. B　63. C　64. B　65. A　66. A　67. C　68. A　69. B　70. D
六、71. C　72. B　73. D　74. B　75. D　76. D　77. C　78. B　79. D　80. A
　　81. B　82. B　83. D　84. A　85. C

七、（モデル文）
　　86. 新しい電子レンジはいろいろな機能がついていかにも便利そうだ。

87. 二人は好き合っているのだが、親同士の仲が悪いばかりに、いまだに結婚できずにいる。

88. 彼は、一方では女性の社会進出は喜ぶべきことだと言い、他方では、女子社員は早く結婚して退職したほうがいいと言う。

89. 私が聞いている限りでは、全員時間どおりに到着したということだ。

90. 民主主義の原則から言えば、あのやり方は手続きの点で問題がある。

91. 雨であろうと、雪であろうと、当日は予定通り行う。

92. 学生数が増えるのにともなって、学生の質も多様化してきた。

93. 試験終了のベルが鳴ったとたんに、教室が騒がしくなった。

94. そんなにテレビばかり見ていては、目が悪くなってしまうよ。

95. 病気になってはじめて、健康のありがたさが分かる。

八、（モデル文）

インターネットと私たちの生活

　最近、よくインターネットを利用している。今の時代では、インターネットはもう人間の生活に入り込んできたと思う。インターネットを通して、ビデオチャットやネットゲームをすること、電子メールを送ることのほか、買い物、ホテルの予約、また勉強などいろんなことができる。新しい知識や、知りたい情報もインターネットで調べられる。家にいながらにして世界中のニュースをすぐ知ることができる。インターネットがこんな便利になったもので、インターネットなしの生活はもう考えられないほどだと思う。

　でも、インターネットは私たちの生活によいことをもたらして来たばかりではない。インターネットには、悪い面もある。例えば、子供がインタネットゲームに夢中になってしているとか、人と人の間の交流が少なくなったとか。これなどの私たちの生活に悪い影響をできるだけ最小限度におさめるべきだと思う。

　ですから、私は、インターネットを適当に利用するのが大切だと思う。

大学日本語専攻生四級能力試験模擬テスト（二）

一、1. D　　2. A　　3. A　　4. B　　5. B　　6. D　　7. C　　8. A　　9. C　　10. D
　　11. D　 12. C　 13. B　 14. B　 15. C　 16. C　 17. D　 18. B　 19. A　 20. C

二、21. C　 22. D　 23. A　 24. B　 25. A　 26. C　 27. D　 28. A　 29. B　 30. D

三、31. A　 32. B　 33. B　 34. B　 35. D　 36. B　 37. D　 38. D　 39. C　 40. A
　　41. A　 42. B　 43. B　 44. C　 45. C

四、46. A　 47. D　 48. D　 49. C　 50. B　 51. A　 52. B　 53. D　 54. A　 55. B
　　56. A　 57. C　 58. C　 59. D　 60. B

五、61. C　62. A　63. B　64. D　65. A　66. D　67. A　68. B　69. C　70. A

六、71. B　72. C　73. A　74. D　75. A　76. B　77. A　78. A　79. B　80. C

　　81. D　82. C　83. D　84. A　85. C

七、(モデル文)

86. 急に空が暗くなったかと思うと、激しい雨が降ってきた。

87. 人の一生にはいい時もあれば、悪いときもある。

88. この番組は、北京から東北地方、南方にいたるまで、全国ネットでお送りしています。

89. 薬を飲んでいるが、熱は一向に下がる気配がない。

90. 成績があまりよくない田中さんときたら、朝から晩までテレビゲームをしている。

91. 痩せようと思ってジョギングを始めたが、食欲が出て、痩せるどころか太ってしまった。

92. あれだけ練習してもうまくならないのは、彼に才能がないのだろう。

93. 規則で禁止されているにもかかわらず、彼はバイクで通学した。

94. そちらは、寒い日が続いているとのことですが、皆様お変わりありませんか。

95. 国の経済力の発展とともに、国民の生活も豊かになった。

八、(モデル文)

お礼の手紙

拝啓　急に寒くなりましたが、お元気ですか。もっと早くお手紙を書こうと思っておりましたが、遅くなって申し訳ありません。

　先日は北京の町を案内していただいて、どうもありがとうございました。

　北京香山のすばらしい秋の紅葉景色が見られて、よかったです。そして、おいしいペキンダックをごちそうしていただいて、本当にありがとうございました。

　同じ寮に住んでいるクラスメートがくださったペキン特産の羊羹をいただきました。食べながら、楽しかった旅行を思い出しました。今回の旅行では、本当にお世話になりました。

　これからだんだん寒くなりますが、お体を大切になさってください。

　また、趙さんにお会いできる日を楽しみにしております。同じ寮に住んでいるクラスメート達にもよろしくお伝えください。

　2007 年 11 月 10 日

　　　　　　　　　　　　　　　　　　　　敬具

　　　　　　　　　　　　　　　　　　　　李彬

趙さん

大学日本語専攻生四級能力試験模擬テスト（三）

一、1. A 　2. D 　3. B 　4. B 　5. B 　6. B 　7. C 　8. C 　9. A 　10. D
　　11. B 　12. C 　13. A 　14. D 　15. D 　16. B 　17. B 　18. A 　19. B 　20. B
二、21. A 　22. B 　23. B 　24. C 　25. B 　26. D 　27. B 　28. A 　29. D 　30. C
三、31. A 　32. C 　33. B 　34. C 　35. B 　36. A 　37. B 　38. B 　39. D 　40. C
　　41. B 　42. B 　43. C 　44. B 　45. D
四、46. D 　47. B 　48. C 　49. C 　50. B 　51. C 　52. D 　53. A 　54. C 　55. B
　　56. A 　57. B 　58. D 　59. C 　60. B
五、61. A 　62. B 　63. C 　64. B 　65. B 　66. A 　67. D 　68. D 　69. A 　70. B
六、71. C 　72. C 　73. A 　74. B 　75. D 　76. A 　77. C 　78. D 　79. A 　80. C
　　81. B 　82. A 　83. D 　84. C 　85. D

七、（モデル文）

86. たとえ困難でも、これを一生の仕事と決めたのだから最後まで頑張りたい。

87. あの元気な人が病気になるなんて、信じがたいことです。

88. いい加減にするくらいなら、むしろしないほうがいい。

89. 品物が少ないので、値段が上がっているが、それにしてもあまり高すぎる。

90. 健康診断で目が悪くなっていたので、めがねを買った。

91. プレゼントをもらったので、お礼の手紙を書いた。

92. 川に沿って５分も歩けば、駅に出ます。

93. まさかこんな結果になるとは想像だにしなかった。

94. 彼はすばらしい技術を持っていながら、生かそうとしない。

95. 林さんは勉強ができる上に、親切だ。

八、（モデル文）

日本語の勉強

　日本語を勉強するきっかけは本屋で見つけた日本の漫画であった。また、日本のアニメも好きで、その中の日本語が分かればもっと面白く楽しめると思ったのである。そして今、大連外国語大学日本語学院で日本語を勉強しているのである。

　私の勉強法はとにかく読むことである。読みやすい日本語漫画や推理小説から始まって、だんだん現代・近代文学、さらに『源氏物語』まで読んだ。そして日本語から中国語に翻訳し、それぞれの言葉の違いを感覚的に理解できるようになった。

　読むことができても、聞くのは大変だった。2、3分のニュースを聞き取るのに何時間もかかる。漢字がないから言葉の連想ができなくて、本当に聞き取りに苦労した。

話すのも苦手だったが、言いたい情報を短い言葉で言えば伝わる。伝われば自信がつく。勉強中の人は、周りに上手に話す人がいると、自身を失うことがあるかもしれない。でも、話は伝えたいことが正確に伝わるかどうかが大切だと思う。

大学日本語専攻生四級能力試験模擬テスト（四）

一、1. D　　2. C　　3. D　　4. C　　5. C　　6. B　　7. A　　8. B　　9. C　　10. B
　　11. C　　12. D　　13. C　　14. C　　15. B　　16. C　　17. D　　18. B　　19. A　　20. D
二、21. C　　22. A　　23. D　　24. C　　25. A　　26. B　　27. C　　28. C　　29. A　　30. D
三、31. C　　32. D　　33. A　　34. B　　35. A　　36. B　　37. A　　38. B　　39. C　　40. D
　　41. C　　42. C　　43. D　　44. C　　45. C
四、46. B　　47. C　　48. B　　49. A　　50. D　　51. C　　52. C　　53. C　　54. D　　55. A
　　56. C　　57. A　　58. B　　59. C　　60. C
五、61. C　　62. A　　63. C　　64. A　　65. B　　66. C　　67. D　　68. B　　69. D　　70. D
六、71. D　　72. A　　73. B　　74. D　　75. A　　76. B　　77. C　　78. B　　79. A　　80. C
　　81. D　　82. A　　83. C　　84. B　　85. D

七、（モデル文）
　　86. 秋から冬にかけて、晴れた日が多い。
　　87. 東京にしても大阪にしても大都市には地方から出て来た若者が多い。
　　88. 君の将来を考えればこそ、忠告するのだ。
　　89. この建物は許可がない限り、見学できません。
　　90. 彼は休みなしに長編小説を書き続けた。
　　91. 英語はもちろん、フランス語も勉強したほうがいい。
　　92. 忘れるといけないので、メモしておいた。
　　93. ものの５分も勉強しないうちに遊びに行ってしまった。
　　94. 料理ができると言っても、簡単な炒め物ぐらいです。
　　95. 知っているくせに教えてくれない。

八、（モデル文）
子供のしつけについて

　　最近、スーパーの店内を走り回ったり、母親がお菓子を買ってくれないからと言って泣き喚く子供に腹立たしく思う。親が周りの人に迷惑をかけている子供を叱らないのだ。今はもう親が子供をしつけられなくなってきている。
　　こうした状況の背景には、核家族化によって、しつけに厳しい年寄りも子供に甘く

なってしまい、幼いうちに基本的なマナーを身につける機会が減ったと言うことである。先日電車に乗っていたら、男の子がシートからつり革に飛びついていては飛び降りていた。「危ないよ」と注意すると、母親から変な目で見られてしまった。もっとひどい話は、小学校で授業中に教室をうろうろ歩き回る子供がいても、教師が注意しないとのことだった。子供の主体性を尊重したいと言っているのである。これは誤った自由主義ではないだろうか。

しっかりしつけられなかった子供が、親になって自分の子供をしつけることができるだろうか。子供時代のしつけこそが立派な社会人を作る基本であろう。

大学日本語専攻生四級能力試験模擬テスト（五）

一、1. D　2. C　3. D　4. C　5. C　6. B　7. A　8. B　9. C　10. B
　　11. C　12. D　13. C　14. B　15. D　16. C　17. D　18. C　19. B　20. C
二、21. D　22. D　23. B　24. D　25. C　26. C　27. D　28. B　29. C　30. A
三、31. B　32. A　33. B　34. A　35. B　36. A　37. D　38. B　39. C　40. A
　　41. A　42. C　43. A　44. B　45. A
四、46. D　47. C　48. C　49. A　50. D　51. B　52. C　53. B　54. A　55. C
　　56. C　57. D　58. A　59. B　60. C
五、61. C　62. B　63. B　64. C　65. D　66. B　67. C　68. D　69. A　70. C
六、71. B　72. B　73. B　74. C　75. A　76. C　77. D　78. B　79. A　80. B
　　81. B　82. D　83. A　84. C　85. C

七、（モデル文）

86. まじめなあの人のことだから、時間通りに来るに違いない。

87. 山本さんが難しい試験に合格した。ご両親をはじめ、先生がたも喜んでいらっしゃる。

88. もう３年も国に帰っていないので、両親に会いたくてならない。

89. あんな高いレストランには二度と行くもんか。

90. 一生懸命練習したのに、マラソンの選手に選ばれなかった。

91. 彼女は一番行きたかった大学に合格し、うれしさのあまり飛び上がった。

92. たとえ仕事がつらくてもあまり文句を言わないほうがいい。

93. 時間がたつにつれてパーティーはにぎやかになってきた。

94. おとといから今日にかけてずっと雨が降り続いている。

95. 山田さんは書物が大好きで、技術者というより学者といった方がいい。

八、(モデル文)

私が思う留学

「留学って何でしょう」と聞かれると、「海外に行き、勉強することです」と答える人は実に多い。

そんなことは誰でも知っているが、留学って実に大変なことだと覚悟したほうがいいと思う。日常生活に何も不自由しない母国にいてさえ、勉強するのも大変で、言葉も風習も全く違ううえに、数々の不安とストレスを抱えながら勉強するのはもっと大変だと思う。

外国へ行けば「なんとかなる」とよく聞くが、留学は旅行ではない。旅行なら何もせずにただ楽しんでいれば何とかなるが、留学の目標を実現するために勉強するだけでは、なんともならない。

留学しようと思ったら、まず目標を明確することが大切だと思う。なんとなく留学したい、中国ではだめだったけど外国なら何とかなると思って、どこでもいいから留学したいと言う人はよく見られる。でも、そんな気持ちのままお気軽に出かけるのはもう留学の意義を失ってしまうと私は思う。